起跑線！

黃脩紋——著
劉彤渲——圖

目錄

第1章

廣告單

一切都是由那張傳單開始。

「無效保證退費！」張先生哼了一聲，不以為然。

下方又一行大字：「先上課，超滿意，再繳費！」說得好聽，不就是補習班常見的試聽課程嗎？張先生又哼了一聲。

張大手掌，正想揉爛這張廣告紙，才發現背面也有幾個粗體大字：

「別再浪費孩子的人生！」

像是一枝箭，直直射入張先生心中，不至於疼痛，卻有個疙瘩隱隱發癢。

接連幾天，總在忽然之間，張先生會想起這件事、這張紙、這句話：

「別再浪費孩子的人生！」開會的空檔，排隊加油之際，在超商結帳的時候……箭矢不知由何而來，咻咻咻咻夾帶這句話，精準射入腦海之中，敲響一陣陣回音。

而今天，軒宇一回家就不對勁。

掛個口罩就摸個老半天，邊邊角角對摺整齊，只差沒拿熨斗燙平。球鞋脫下立即收入鞋架，書包放上固定的架子，不吵著出門踢球、也不抱怨看電視的時間太短暫，只是輕手輕腳坐到書桌前，拿出作業專心抄寫。頂多，在翻頁之中，偷偷看向身旁的大人——張先生正敲著鍵盤，準備明天的會議資料。

張先生看在眼裡，明白在心裡。有些生氣，有些懊惱，刻意什麼不問也不說，只是冷眼看著難得安靜的兒子，一副專心向學的模樣。可是，看他一臉藏不住的擔憂，飯菜吃得特別少，嘴巴動得特別慢，一頓晚餐沒有軒宇的嘰哩呱啦，似乎就沒有平日的好吃。

因此，睡前短短幾分鐘，陪著軒宇檢查書包的同時，張先生還是主動問了成績的事情；軒宇悠悠吐出一口氣，像是打從回家就一直緊繃在心頭。

成績一如預料，是非常難看的分數，雖然不是考得最差的一次，卻也相差沒幾分了，而距離零分也不太遠了。

家長在考卷上簽名之後，軒宇終於露出小小的笑容，在昏暗而溫暖的房內，呼嚕呼嚕睡得香甜。

另間臥房，兩個大人仍然清醒，各自忙碌於未完的工作與企劃。直到

做完
最後一張
投影片，張
先生終於看向張
太太：「明天下班之
後，我們一起去那間補
習班，問問看吧。」

＊＊＊

周五夜晚，人潮洶湧，突然又

是場傾盆大雨，車陣蔓延成糾結的巨龍。張先生臨時和廠商開個會，張太太也忙著處理海外緊急訂單，兩個人都被困在各自的公司。直到下班，已是晚間八點，張先生驚險衝過幾個閃黃燈，一路驅車直到軒宇的安親班，在路上隨便買了個便當，讓軒宇匆匆扒了幾口飯，恰好趕上數學加強視訊課。確定小孩進了教室，兩個大人一邊開車，一邊吃完便當的剩菜，還有置物箱的餅乾充飢，便又匆匆忙忙趕到下一個目的地——「起跑線：潛能開發中心」。

城市的夜晚，總是燈火通明。但是起跑線補習班，掛滿白燦燦的無數日光燈，更讓整間教室宛如自體發光的星球，終夜燦爛。

張先生來得比預期的還晚，說明會現場，充斥的人群卻比他預期的更多；即使已是周末前夕，偌大教室卻仍擠滿各色人頭，個個低頭瀏覽資料、填寫問卷，或是滑起手機，也有人聊天說笑。但是，卻沒有人離開位子，而是緊緊挨坐在本為學生設計的窄窄桌椅之間，引頸期盼下一場次的說明會。

數聲不好意思之後，張先生和張太太，終於擠進最後僅存的兩個座位。位子在長桌正中間，進出非常不方便；而視野卻不錯，恰好面對講臺後的巨大布幕，布幕放映著廣告，只見臉頰紅潤的小男孩、雙眼明亮的小女孩，滿臉笑意的奔跑在藍天綠地之間，跑得迅速、跳得輕盈，後方幾個小孩落後甚遠，只剩下模糊的面目作為遠景——然後！巨大字體突然彈出！

「起跑線：潛能開發中心！」

「別再浪費孩子的人生！」

啪啪啪啪，一個婦女忍不住輕拍雙手，才又忽然回神，紅著臉、低下頭，繼續滑動通訊軟體。張太太偷笑幾聲，張先生卻有點心驚，剛才那一瞬間，他也差點拍手附和，就像他也幾乎看到開懷大笑的軒宇，正是影片中奔跑於最前方的快樂小男孩——哎，幼稚園時，軒宇確實是小鹿班裡跑得最快的孩子，讓老師怎麼也趕不上、抓不住，沒法讓他坐下乖乖吃飯，更別說靜下心來寫字母、學拼音、背唐詩……讀完兩年幼稚園，ㄅㄆㄇㄈ還是寫不齊全，ＡＢＣＤ依然有看沒有懂。

想到這裡，張先生就灰心。更難過的是，當時園長就曾語重心長告訴他們夫妻倆：「張軒宇這個小孩，身體好，脾氣也好，但就是學習方面……不夠專心也不夠努力，背成語要花多一點時間，算數學也得多一些提示，所以呀，爸爸媽媽辛苦了，將來可得盯緊一點，才能好好幫他讀書。」

園長的提醒，簡直就是可怕的預言。

這幾年來，不管是補習還是家教，買書籍還是買教材，兒童諮商以及親職教育，張先生和張太太總是費盡全力，全心全意栽培這個兒子，只可惜——

「嘿，你家小孩呀，正在念小學吧？」一個問句，打斷張先生的痛苦回想。

問話的人，是坐在旁邊的老先生。滿頭銀髮微捲微翹，像是奔騰頭頂的雪白波浪；波浪下方卻是黝黑的臉孔，又大又圓的鼻頭，以及同樣圓滾滾的明亮鏡片，看起來就像是個呵呵大笑的聖誕老公公，只是剛從海島度假回來，曬得滿身健康膚色。

張先生只是微微笑，面對陌生人，不想多聊些什麼。

黑臉的聖誕老公公卻又逕自說了起來：「一看就知道囉，你們的小孩才剛讀小學吧，所以你們才會這麼認真地看影片喏。」

「因為影片裡的小孩，也差不多是個國小生吧？」張太太歪出一顆頭，越過先生的肩膀，和黑臉聖誕老人聊了起來。

「呵呵呵！」老先生開懷大笑，笑聲聽來有些淘氣：「不是的，不是的，跟那些小孩沒關係。我說呀，只有小學生的家長，還會眼睛發亮的看著這個影片喔——」老先生突然壓低聲音，夫妻兩人本能地湊近身體，才好聽清楚他的嘀嘀咕咕：

「你看，那些明明看著螢幕，眼神卻是一片放空的，應該就是國中生的家長。小學生若是成績不好，家長總還抱持些希望；國中生如果還是成績不理想，爸媽多半有些麻木，卻又捨不得放棄，所以總是愛看不看的那副神情……」又是幾聲呵呵笑，張先生正想發問，太太已搶先開口：「那高中生呢？高中生的爸媽又是怎樣的？」

老先生只是眼珠一轉，隨著他的眼神，夫妻倆看向角落位置。

有的人靠在櫃旁，有的縮在柱後，有的則索性坐在門邊，門板一往內開，就被內開的門板夾進了牆縫；座位上有男有女，有的白髮蒼蒼，卻也有的樣貌年輕，是否真的是高中生的父母，還真難以判斷。但是都有一個共通點，便是這些位子，乃是整間教室內視野最差、最為隱蔽的座位。

直到夫妻倆都皺起了眉頭，老先生才緩緩開口：「成績不好的高中生，有的是從小爛到大，有的是小時了了，長大後卻一落千丈囉。所以呀，這種家長最怕遇到熟人啦，熟人最喜歡拿過去的事情說嘴，說些你家女兒不是讀小學時都拿第一名嗎，怎麼還要來補習啊？你家兒子數學常常考零分，現在進步了沒呀？說來說去都是這些事，多難為情呀，所以囉，乾脆縮在角落才好避人耳目喲。」

張太太聽得點頭如搗蒜，張先生則是有些心驚膽顫——這間補習班，招收的年齡層原來這麼廣，從小學生到高中生，難怪擠了一整屋的家長來聽說明會！話說回來，為小孩的成績而煩惱、擔憂，這場磨難才剛開始，想到數年之後，軒宇會有怎樣的國中生活、高中歲月，那些接踵而來的考試，以及戰況更加慘烈的考卷，張先生不禁倒抽一口冷氣。

老先生姓王，六、七十歲了，退休無業，所以早早便來說明會。「嗯，冒昧請問一下，你家小孩是……讀高中了嗎？」張先生看向王老先生的銀亮白髮，忍不住想像中年模樣的王老先生，老來得子呵呵大笑。

「呵呵呵！」老先生張圓了嘴巴，眼睛瞇成兩條線：「我哪那麼年輕呀！是外孫女，我那外孫女都讀高中啦！從小到大，都是我在張羅這些補習班的事唷！沒辦法啦，誰叫我——」

鏗鏗鏗鏗！一陣喧譁忽然湧起，蓋過老先生的聲音，以及整間教室的所有聲響。

燈光全滅，教室一陣漆黑，只有敞開的門板流瀉光芒，一個黑色剪影佇立正中央，「各位家長，久等了！讓我們歡迎，『起跑線：潛能開發中心』的主任！」

家長爆出掌聲，四面八方湧起嘩嘩作響的巨浪，瞬間吞沒了張先生所有的遲疑——絕對要報名，絕對不能再浪費孩子的人生了！他的軒宇，絕對還有救！

＊＊＊

常常說，人逢喜事精神爽。張先生確實如此，一早八點走進公司打卡，忍不住輕輕哼著歌。

幾位同事發現蹊蹺，說著張先生發票中獎還是遇到美女，而張先生也只是微微笑著。今天確實是快樂的一天，應該說，更是超級重要的一天——今天晚上，就是「起跑線：潛能開發中心」的第一堂課程！

回想那個禮拜五，回到家已經是深夜，親子三人又餓又累，卻都綻放著幸福的微笑。張太太一進家門便走入廚房，乒乒乓乓大展廚藝，端出幾盤色香味俱全的番茄蛋包飯，熱騰騰的金黃色蛋皮上面，不忘用番茄醬畫出幾顆愛心。

張先生看著滿室凌亂，卻覺得腳步輕盈，趁著太太做菜之際，他也挽起袖子，收拾沙發上亂丟的衣物、堆積桌面的物品，接著掃地、拖地，室內煥然一新。

軒宇已是睡眼惺忪，也強撐起精神，跟著爸爸打掃清潔，三不五時又溜入廚房，大吸一口滿滿香氣。小學三年級的他，正是換牙的年紀，所以缺了兩顆大門牙，因此，軒宇不再像從前的開懷大笑，而是癟著嘴、歪著頭，坐在書桌前，常常是一副想哭的模樣。除了今天，軒宇大口吃飯、大聲說笑，露出粉紅色牙齦，牙齦下的兩個門牙洞，都是笑瞇瞇的黑色弧線。

今天確實開心，媽媽沒有因為他的分數而嘆氣，爸爸沒有因為他的考卷而繃緊一張臉，而且，還能三人一起吃著熱騰騰炒飯，雖然已是平常的睡覺時間，軒宇也累得幾乎閉上了眼睛，大腦卻捨不得休息，還想繼續窩在餐桌前，和爸爸、媽媽說著還是番茄蛋包飯最好吃。

張先生、張太太，同樣度過難得笑語紛紛的家庭時光。這份好心情，甚至接連延續好幾天，而且通常都在，張先生查看簡訊之後。

叮咚！「恭喜您，資料已通過基本審查，近日將有專人與您聯繫。」這是說明會隔日，傳來的第一封簡訊。

藉由王老先生的講解，以及說明會的洶湧人潮，離開時還看到徹夜排隊、等待下一場說明會的眾多家長，張先生才赫然發覺，這家補習班——不，是「起跑線：潛能開發中心」——其實聲勢浩大，是間有口皆碑的知名機構！

正因如此，即使授課年齡層極廣，涵括各種學習階段的孩子，所能提供的入學名額仍是僧多粥少；所以，不是繳費便能就讀，還須通過一連串據說非常嚴格、幾近嚴苛的申請與考核，才能獲選，成為機構全力栽培的幸運兒。

張先生幽幽擔心著，軒宇從小考運就不好，其實，應該說，只要是紙筆測驗的關卡，便是他的致命傷，時常考得一塌糊塗。卻沒想到，不知是好運駕到，還是眾家神明真的有保佑，張先生竟然接連又收到幾則簡訊，每則都是好消息：

「恭喜您，能力量表符合基準，近日將有專人與您聯繫。」

「恭喜您，策略發展符合基準，近日將有專人與您聯繫。」

簡訊都在上午發送，而在當天下午，便會有聲音悅耳的客服人員，仔細交代張先生，參與下一階段必須提供的資料，有些是資料填寫，比如擅長的運動、喜歡的科目、關係要好的同學——補習班嘛，總是會藉機蒐集資料，才好招徠客群；就像張先生便是在某天下午，忽然從信箱中收到這封，標明「張騰達、楊菲帆　貴家長　鈞啟」的廣告信。

有些關卡，則須上網施測，包括張先生、張太太，以及張軒宇本人，各自依照網頁指定的項目，回答一連串莫名其妙的問題：有時是模糊難辨的圖卡，得要由中看出是何圖案；有時是悠揚而陌生的曲調，百般思索曲名究竟是什麼；有時則是，一段不知由何剪輯的影片內容，像是短劇，又像是即興演出，軒宇戴著耳機看得拍掌大笑，爸媽卻是深皺眉頭許久，依然搞不清楚到底是要看出什麼名堂。

施測那幾天，張先生有些煩躁，想著那些奇怪問題的正確答案，深怕自己答錯了幾題，更擔心軒宇，就是因為成績不好才要送到補習班呀！送到這個標榜潛能開發的地方！沒想到，現在連進入補習班，都還需要有的沒的檢測一大堆，因此更加覺得希望渺茫。

另一方面，張先生也開始質疑，隱約覺得或許只是噱頭，只是招生宣傳的花招爾爾，一想到這幾天忙得團團轉，或許只是被人當成猴子耍，心中又覺得憤怒難平；因此，回到家中看到軒宇又拿出一張滿江紅的英語考卷，怯生生要求家長簽名，張先生心中的火山便即將要爆發！

＊＊＊

難得不用加開會議的中午，張先生留在座位，沒有閉目養神，而是一邊扒便當，一邊打開筆電、連上網頁，雖然心存遲疑，仍然按照今天的指示，開始回答「起跑線：潛能開發中心」的第五項施測內容……

「小張，早上的報告很棒喔！」蔡經理從身後走過，順勢打了個招呼，剛巧看到那張熟悉的頁面：「喔，『起跑線』呀！好懷念呀！」

張先生難掩訝異、或著該說是驚喜，似乎自己一直猜疑的新大陸，終於有個人證實它確實存在。這時，蔡經理已壓低身子，小小聲說著：「這間真的很好，根本救了我們這一家啊，真的。」

蔡經理是公司裡的老前輩，是人人敬重、也人人稱羨的人生勝利組。他和妻子婚姻美滿，小孩成就非凡，老大是藥師，老二是律師，老三卻是從小就不學好，惹是生非，蹺課打架，對於讀書毫無興趣也無所表現。張先生還記得，當時蔡經理總是疲於奔命，不是臨時衝去學校，就是四處開車找尋小兒子，甚至奔波於警察局以及少年觀護所，旁人看得心疼，已經當父母的更是心驚肉跳，深怕自家的小孩，將來也是如此誤入歧途。

但是，突然，總是焦躁難安的蔡經理，突然心事重重的一個人沉思著，旁人還以為他情緒低落，相互提醒得多加留意蔡經理的一舉一動；沒想到，再過一段時日，他又變得容光煥發，而且比以前更加快樂、愉悅、明亮！

現在，蔡經理過著人人稱羨的幸福生活，三個孩子各有成就，曾讓他深深操煩的小兒子，據說生意做得有聲有色，還曾經接受媒體專訪，暢談獨家研發的專業祕方……吭咚！回憶像是小石子，打入張先生的心湖而掀起陣陣波盪——難道！難道就是在那段時間，蔡經理也參加了「起跑線」的學習規劃？

蔡經理滿懷深意，笑到眉眼都彎成弦月：「小張，去試試看，這間『起跑線』教的東西，真的很有幫助！」

第2章

太空艙

熟人的肯定，牢牢強化了張先生的信心，現在只擔心資料填得不夠完整、施測內答回答得不夠仔細，深怕會錯失擠進這道救贖之門的最後一絲希望。因此，突然接到錄取通知的那個下午，張先生難得早退請假，連忙趕回家中，親子三人聯手做了鬆餅大餐，弄得廚房一陣混亂，沾滿麵糊的三張臉蛋，卻都笑得無比燦爛。

而在今晚，八點整，即是「起跑線：潛能開發中心」的首堂課程！

張先生翻出那份文件，再度瀏覽，即使他已將上面文字背得滾瓜爛熟：

「恭喜您，各項指標均符合『起跑線：潛能開發中心』之錄取標準，非常榮幸歡迎您，加入潛能開發的美好天地！請於下列時間，攜帶列表

一、列表二並填妥相關欄位，至下列地點參與授課。
各周授課內容與時程，依序如下：……」
錄取文件最末端，粗體大字醒目標記：「親子務必一同出席。」

這類規定，就是現正流行的親職教育吧。

張先生為了兒子勞心勞力，當然也參加過許多的家長團體以及專家座談，這些課程，不外乎提醒家長，應該如何從旁督導，協助小孩的成長與進步。因此，晚間七點五十分，衣著整潔、神采奕奕又略帶緊張的張家三人，已經來到「起跑線：潛能開發中心」的正門口。

上回匆匆而來，這次提早到達，終於能好好觀看四周：正廳光亮廣闊，早有許多家長提早到達，都是幸運獲選而來，個個都是得意洋洋，卻又帶著一絲掩蓋不住的徬徨。幸好，八點一到，筆挺套裝的工作人員便從門後魚貫而出，訓練有素的一一帶領，前往今天的授課地點！

「來，這是小朋友的專用個人房。」笑容可掬的服務人員，手掌比向電梯外頭的長廊，軒宇便像是海豚，跳得好高好高！爆出興奮的尖叫！

張先生和張太太也看花了眼睛。

沿著走廊的白色牆面，每隔幾步便有一扇小小房門，房門比一般低矮，似乎是配合年齡不同、身高不同的孩子，遂使整排房門一眼望去，宛如逐漸增高的俄羅斯娃娃，越加高䠷修長。

每扇房門上端，都開了一片小窗，向內望去是滿片潔白，像是太空艙的個人房間；牆面繪上世界地圖，矮桌上放了星球儀，兀自旋轉光彩，將天花板與柔軟地墊，全然投影成絢爛星空。

7
8
9

軒宇進入一間身高相符的小小個人室，房門便由外頭輕輕闔上。工作人員帶領夫妻二人，走向另個樓層，邊走邊介紹著兒童個人室的材質：房間四周採用防寒防熱防濕防臭防噪音的無毒軟墊，房門由中央控管開啟，房內配有環景三百六十度全像攝影，並有專責人員，分分秒秒留心房內動靜。

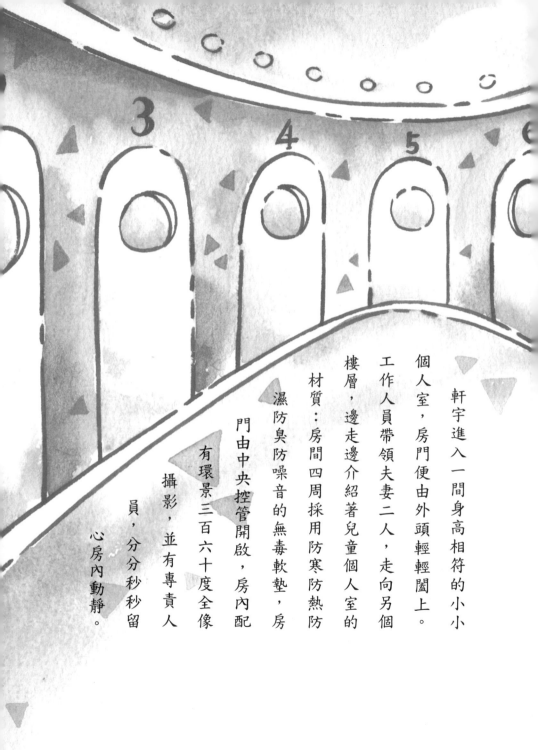

張先生不禁咋舌，與其說是補習班，更像是電影中才能看到的高科技航太中心——如此專門設備，想必要價不斐；但是，也正如他過去所幻想的，多希望有人可以隨時監控軒宇的讀書狀況，畢竟這孩子，雖然聽話乖巧，卻也時常玩心大起，即使家長坐在旁邊緊盯寫作業，只要一閃神、一打盹，等到家長再次睜開眼，軒宇已在作業簿邊角畫上小馬小羊，或是將寬寬長長的各科考卷，摺成紙鶴、大象、魷魚、長尾雞、跳跳蛙，竟然還排成一個桌上動物園。

張太太卻有點不安：「房門關著，空氣能流通嗎？悶在裡頭也容易打瞌睡吧？」服務人員早有準備，又是一連串設備介紹：「每個房間都有獨立供氧系統，提供循環氣流唷。」

看到兩人放心的神情，遂又繼續補充：「根據本中心研究，適宜的氧氣濃度，更有助於小孩睡眠，而良好的睡眠過程，則有利於褪黑激素的生成與作用。此外，小朋友的專用個人室，每間都是恆溫恆濕，更能保持睡眠品質的穩定和……」

「蛤？」張先生遲疑了數秒，還是打斷了服務人員的滔滔不絕。

「睡眠？睡覺？」看到對方竟然點頭應和，張先生瞬間提高了聲量：「你是說——我家小孩現在、正在那間什麼太空艙裡——睡覺？」

相較於張先生的步步逼近，以及張太太的瞪大雙眼，服務人員仍是神情自若，悠哉悠哉滑開平板，仔細檢閱資料：「是呀，沒錯。根據你們填寫的資料，軒宇小朋友的每日睡眠時間，只有五個半小時，遠低於同齡兒童所需……」

「所以——你是要我們專門送小孩來這裡睡覺？」向來隨和的張太太，現在竟也提高了聲量，畢竟這一切，完全莫名其妙！

而服務人員，不知是反應遲鈍，還是訓練有素而以不變應萬變，始終是一副笑咪咪的神情：「是的，是的，兩位做得很好呢，根據專用室的鏡頭顯示，軒宇小朋友很快就睡著囉！而且睡得很香很安穩呢！」

張太太索性一轉身，想要衝到布滿一扇扇小門的長廊，卻弄不清楚曲曲繞繞的方向，連電梯都找不到，只好又快步走回，踏得地板砰砰響！

這間補習班！倒底在搞什麼鬼！張先生深呼吸幾口，拿出那張早已熟讀數十次的錄取文件，揮舞在空中，像是拿著盾牌，步步逼向一臉笑意的服務人員：「上面不是寫，有國語呀、英語呀、數學呀，這些科目的潛能開發嗎？你們根本廣告不實，我是可以提出告訴的——」

「沒錯，確實是有安排潛能開發的專屬課程。」另個聲音，從背後傳來。

是個高壯而陌生的男子，一頭灰髮凌亂，搭配格子襯衫牛仔褲與寬皮帶，站在明亮長廊之中，像是走錯地方的西部牛仔；他的眼睛微微下垂，眉毛粗粗密密，布滿鬍鬚的寬下巴，處處均是嚴肅的神情。

「要上課的，是你們兩位，家長。」

＊＊＊

張軒宇，今年九歲，就讀「希望小學」三年級，努力班，座號9號。

「希望小學」獨樹一格，班級排序不是一、二、三、四，也不是甲、乙、丙、丁，而是按照各種美好特質：健康、快樂、成長、努力。

學生入學時，按照綜合表現以及發展特質，分別編入四個班級。所以，健康班總是囊括各項體育競賽，是田徑場上的常勝軍；快樂班身懷才藝，有的擅長唱歌，有的擅長跳舞，只要他們上臺表演，總能帶來滿滿歡笑；成長班名符其實，無時無刻不在大步向前，所以成績獨占鰲頭，是公認的學業資優班。

至於，張軒宇所就讀的努力班，顧名思義，每個人都是埋頭苦幹；但是，卻有老師偷偷說著：所謂的努力班，就是只剩下努力，沒有健康、沒有快樂、也沒有成長。

每次月考，努力班的成績總是敬陪末座，其中，張軒宇的分數又是格外慘烈。國語考卷，每個生詞或注音，都被標上紅圈圈，炸出一朵朵蕈狀雲；英文考卷，字母總是歪歪斜斜，像是打了敗仗的士兵，被紅筆殺得落荒而逃；數學考卷，反而布滿了英文字母，仔細一看，原來是一連串的XXX。

提到軒宇的名字，每個老師都皺眉。看到軒宇的成績，每個大人都嘆氣。所以，張軒宇只能極盡所能地，發揮自己僅存的最後一絲優點——努力！

努力、努力、再努力！雖然只是小三的年紀，軒宇卻常常熬夜，總是撐著眼皮，挑燈夜戰直到凌晨時分，才能完成一本又一本的作業題。好不容易，鑽入被窩呼呼大睡，短短數小時，又被爸爸匆匆搖醒；軒宇起床的時間，天色都還濛濛亮，對街早餐店只有零星的客人，大多數的小朋友，都還在甜美的夢鄉。但是，爸爸說，軒宇的記性差、效率慢，所以要趁一大清早，腦袋最明亮、專注力最集中的黃金時刻，好好努力背單字！

第一個單字是Apple，第二個單字是Banana，軒宇打開檯燈，想要照亮桌面，以及仍然神智渙散的腦袋瓜。嘰哩呱啦，囫圇吞棗，幾個單字之後，大腦直接快轉到最後一個字母，ZZZZZZ，軒宇不支倒地、趴回桌上，張開的嘴巴，流出一個小小湖泊。

每日的清晨，就這樣在半夢半醒之間掙扎度過。

之後，刷牙洗臉，軒宇得用最快的速度吃完早餐，然後趕到學校上課。一早是說故事時間，接連是國語、數學、社會、自然科技，放學之後前往安親班，寫學校的作業，再寫安親班的加強作業；終於等到晚餐時間，軒宇的鼻孔動呀動，搜尋著瀰漫空氣的各種飯菜香——別急呢！還有補習班的先修班課程，所以，頂多吃些麵包、煎餃、蛋餅墊墊肚子，然後就得上緊發條，開始上課！

每天每天，軒宇都是一副睡眠不足的神情。眼睛像蚌殼，只是淺淺露出一條縫，一不小心就要闔上。大大的黑眼圈，牢牢框住眼睛四周；下方也是時常張大的嘴，三不五時湧出一個大哈欠。軒宇的每一天，感覺都好累、好睏、好想睡。

「老師！早安！」一個小男孩，旋風似的鑽過身旁！

老師正要叮嚀小心腳步，卻忍不住先揉揉眼睛——是軒宇！

平日總是哈欠連連的軒宇，今天早上竟然精神飽滿！老師簡直不敢相信！

而軒宇，也從某天開始，小小的蚌殼眼逐漸打開，大大的黑眼圈逐漸消去。上課時候，明亮大眼炯炯有神；下課的時間，不管是踢球，還是玩跳繩，軒宇依然精力充沛，分分秒秒充滿活力，讓人不禁懷疑，是否裝了一個電池在身上。

而真相，也只有軒宇，還有爸爸、媽媽才知道。

軒宇依然早早起床，準時上學；放學之後，一家三口一同前往「起跑線：潛能開發中心」——大人上課，軒宇則專心睡覺。

第 3 章

數學課

這天，軒宇熟稔的推開專用室小門，選定了喜歡的星空投影——這次是鵝黃色的土星以及環繞星體的亮晶晶土星環——室內飄送著清爽微風，耳邊迴盪著隱隱約約的浪潮聲，一閉上眼，宛如徜徉於平靜的大海，張開雙眼，又好像漂浮在漫無邊際的夜空之間。不一會兒，努力睜開雙眼欣賞星空的軒宇，終究還是垂下了眼皮，緩緩墜入夢鄉。

這個時候，另一個樓層，張先生雙手抱在胸前，張太太拳頭握得緊緊的，以及許多同為家長的大人，一同肩並肩，坐在燈火通明的教室。

這間教室，便是當時舉辦說明會的地點。空間依然寬闊，人數卻減少許多，三三兩兩間隔而坐，有男有女，有白髮老翁也有年輕少婦，有偕伴同來的夫妻，也有自己一人前來的家長，唯一共通點卻是，人人都緊皺著

眉頭，既是憤怒、又百般委屈的神情。

沒有辦法，實在是沒有辦法，張先生幽幽嘆了一口氣。

像是傳染一樣，教室裡隨即響起大大小小的嘆息，飄出朵朵愁雲慘霧。

只有講臺上的工作人員，笑容依然燦爛：「哈囉各位家長，大家晚安！上個禮拜，已經為大家說明合約內容，所以這個禮拜，我們就要正式上課囉！」

是的，那份合約。如果時光能倒回，張先生絕對會撕爛原本視若珍寶的錄取通知，然後，最好準備一個超級放大鏡，仔細查看隨信附上的兩張列表！

他原本以為，上頭只是課程介紹爾爾，便隨意簽了名。哪知道，那兩張表格，雖然沒有要求帳戶、信用卡、金融卡……這些機密資料，卻是實實在在明文告知：「為維護授課品質，若未完整參與試聽課程，視同違約，須繳付全課程之五十倍費用，以茲賠償本中心損失。」

可惡！張先生氣急敗壞，簡直想要狠狠揍自己一拳！

平日在公司，處理文件總是仔細又敏銳，總能在字裡行間，揪出各種錯誤與陷阱；今天，卻因一時的粗心大意，以為只是報名補習班，怎麼知道誤上了賊船，害得一家三口，每隔幾天便得全員出動、準時報到——更誇張的是，軒宇專程來這裡睡覺，他和老婆則得乖乖來上課！

幸好，張太太反應靈敏，及時扳回一城：「你們不是說：『先上課，超滿意，再繳費！』——對吧？所以不滿意就不用收費吧？」

像是早就預料了一樣，本是淺淺微笑的工作人員，雙眼瞬間綻放光亮：「是的！是的！如果試聽中途缺課，將被視為違約喔。但是，如果參與全部的試聽課程，還是覺得不滿意，那麼本中心就完全不收任何的費用呢。」

張先生和張太太對望了一眼，雖然無奈，但是衡量利弊之後，與其白白奉送違約金，不如咬緊牙根，熬過為期數週的試聽課程。等到試聽結束就立即閃人！張先生想到這裡，眉頭終於稍稍鬆緩。但再想到，平白讓軒宇睡了這麼多天，幾乎是晚上八點便準時入眠，荒廢了這段時間，將來又要怎麼努力追趕進度呢？於是不禁擔心，雙眉再度擠成小小山丘。

其他的家長，大約是類似狀況。儘管滿臉不悅，屁股依然牢牢釘在座位上，不敢輕易離開這間教室。

也就在這個時候——啪擦！布幕再度亮起，清楚顯現數個大字：「第一堂課：數學加強班」。

＊＊＊

「這是什麼鬼？」臉頰削瘦的中年男子，率先提出第一個問題，或者該說是，第一句責罵。

其他家長紛紛附和，有人嗤之以鼻，有的人仍在搔頭皮，看著手上的紙張，百思不得其解。只見紙張上面，印上一行行算式：

$$
\begin{aligned}
1 &\neq 2\\
2 &\neq 3\\
3 &\neq 4\\
4 &\neq 5\\
5 &\neq 6\\
6 &\neq 7\\
7 &\neq 8\\
8 &\neq 9
\end{aligned}
$$

咳咳，不知何時，講臺上佇立著陌生的女性，一頭黑髮輕輕挽起，別上珍珠色髮夾，夾出一條優雅的髮束。她臉色溫柔，個子嬌小，雙眼卻是炯炯有神，直直注視教室裡的每一個人：「大家好，第一堂課，由我負責講解數學。」

數學老師姓江，年紀看來很輕，架式卻十足，拿起銀亮色指揮棒，比劃著布幕上的相同算式：「來～大家一起念：一不等於二……」

「喂！」一聲怒吼伴隨著一拳重擊，嚇得所有人紛紛回頭！是坐在後方的男人，身材魁梧，看來脾氣也不小，凶神惡煞挺起身軀怒吼：「喂喂！把我們關在這裡上什麼鳥課，已經夠麻煩了！還教什麼鳥東西啊！」

「對呀、對呀！」

「一不等於二、二不等於三——誰不知道呀！」

「如果要浪費時間教這些東西，乾脆就別把我們困在這裡上課！」一句質疑，點燃眾人的怒火，許多家長立即起身抗議，像是大雨之後的草皮，紛紛冒出的蕈菇，一叢叢僵持在教室各處。張先生還坐在原地，雖然也想起身應和，最好能因此抗議成功、順利脫身，逃離這間莫名其妙的補習班。

但是，張先生不禁想著：為什麼，也曾加入「起跑線：潛能開發中心」的蔡經理，卻是極力推薦這間行事詭異的補習班？他曾說過「根本救了我們這一家」，又是怎麼個救法？

講臺上的江老師，先讓家長盡情叫罵，之後，終於一臉困惑地開口：

「咦？原來大家都知道，一、二、三、四……這些數字，都是不一樣的嗎？」

又是一陣白眼和奚落，幾位脾氣強硬的家長，甚至打算衝到臺前，幸好被工作人員一一攔阻。而江老師仍然氣定神閒，這時又緩緩說出：「既然大家都知道，為什麼，各位家長卻是這麼做呢？」

＊＊＊

教室內一陣靜默。

唯一的聲響，只有持續浮現的隱約喀嚓聲。隨著滑鼠點選，布幕呈現不同畫面，掃描自諸多家長填寫的資料內容：

「希望庭芳能和庭薇一樣，五年級的姊姊常常考第一名，二年級的妹妹卻頂多考到第十名……」

「毓鈞讀小學時，數學還是能考到九十分，現在就讀國二，數學連及格都很勉強啊……」

「每次月考，家安都很慘。同樣都是高中生，他的同學至少有一、兩科拿手的科目，我兒子卻是每科都很爛，真慘……」

每看一句，眾人的喉間，便不自覺更加緊繃。有的家長，盯著螢幕連眼皮都不眨，專注看著各家家長對於各家孩子的種種數落。幾位家長，像是約好似的，一一拿起礦泉水，咕嚕咕嚕灌下滿口，把卡在喉嚨的什麼東西沖下去一樣。

看著看著，張先生悄悄移開了眼神，心裡湧起幾句嘀咕，正如張太太附在耳朵旁的小聲埋怨：「這也難免啊，兄弟姊妹總是會被比較嘛，小孩之間總是會被比較嘛，我們小時候還不是這樣，也被大家比來比去……」

還來不及出聲贊同，布幕突然竄入一行字，狠狠揪住兩人的心！

「軒宇讀小一時，自然其實還算不錯，小二開始變差，現在讀小三了，希望能先把自然的成績拉回來，就算沒有滿分也要能考到九十幾……」

「我們家的曉恩，小學時真的很強很強，都是考一百分的！國中時遇到愛玩的朋友，高中時老師又不盯，他的成績就變得很差很差……」

「有時會想，如果愛寧能一直讀低年級就好了，她那時好乖好主動，每天讀書都好專心，現在只要一講到功課，她就跟我吵，真的很受不了……」

兩團火焰，直接燒上張先生的臉頰——怎麼可以，直接公布自己所寫的內容！根本就是揭人隱私！張先生想要站起來，最好狠狠摔開大門離開，什麼高價賠償的五十倍違約金，直接送給這間混蛋補習班就是了！可是，即使內心怦咚怦咚，像是一百個戰鼓同時作響；張先生卻只覺得膝蓋發軟，兩條腿像是爛泥一樣，毫無氣力的懸掛在椅上，所以只能癱坐原地，白著一張臉，狠狠瞪著講臺上的江老師。

相較於教室內的許多家長，江老師的氣色紅潤許多，眨著一雙圓眼，夾藏著疑惑與好奇：「現在，大家知道了嗎？每個數字不一樣，就像每個小孩也都不一樣，不是嗎？」

江老師繼續說著：「每個小孩，都會一歲一歲的長大，我們可以用不同的數字代表不同的年紀，就像一二三四五六七八九的每個數字，雖然只差一點點，但是不一樣就是不一樣。」

隨著鞋跟的叩噠聲響，江老師從講臺走下，她穿著一襲深棕色風衣，慢慢走在長桌與長桌之間的通道；張先生發現，江老師不僅看來年輕，身材其實也偏矮，明明只有她站著，卻也沒比坐在位子上的家長，能高出多少。

但是，也只有她絲毫不在意，全場投射而來的各種眼光，有的憤怒、有的質疑、有的緊瞇著雙眼打量、有的則像張先生一樣，睜大雙眼用力瞪著。江老師穿梭其中，成為全場最高大的人，低頭環視所有，雖然滿臉不悅，卻都選擇坐在原處的家長們。

沿著長桌，她一張一張發下另份講義：「這是今天的作業，各位家長請確實完成。今天的數學課，就先上到這裡——下課！」

＊＊＊

終於是下課時間，「起跑線：潛能開發中心」的寬廣正門，一下子塞滿急忙離開的家長與孩子，瞬間變得擁擠不堪。

不對，急得離開的，都是神色不安的大人，幾個臉上還染著紅暈，像是做了什麼壞事，滿臉心虛的表情，腳步因此更加匆忙，接連撞到幾個肩膀，卻都是頭也不回的，像是擔心怪物追殺而來，逃難似的想要趕緊離開這棟大樓。而服務人員，仍是笑容可掬一字排開：「拜拜～拜拜～下禮拜要回來上課喔！」

被大人緊緊抓住手腕，跟著離開的小孩，卻是依依不捨，有的頻頻回頭，還在回味個人室的柔軟床鋪、絢爛星空、圍繞牆面的大型地圖，以及從天花板懸吊而下，隨著室內涼風而微微飄盪的點點繁星……

「今天，我選了新的圖案喔——躺在床上看到整片銀河，真的超壯觀的耶！」一個小孩遇到認識的朋友，即使正被父母拉住雙手往前狂奔，還是忍不住回頭大喊，分享今天的收穫。

「耶耶你知道嗎，床鋪還能調成漂浮模式，會有種在太空裡面晃來晃去的感覺喔！超好玩的喔——」另個小孩，則被爸媽拽著前往另個方向，雙腳幾乎騰空飛起，小小臉蛋仍是難掩興奮，大聲呼喊今天的嶄新嘗試。

還有幾個小孩，個子更嬌小、年紀也更小，一臉還沒睡醒，遂被大人抱在懷裡而快步離開。小孩揉著眼睛抱怨，明明還能待在太空艙裡繼續睡覺，為什麼要被挖起來，現在還是好想睡、好想睡啊！服務人員也溫婉提醒，開發中心提供全天服務，小孩能夠繼續休息，大人也能繼續上課，待到幾點都不成問題——聽到這裡，大人反倒一臉驚恐，雙腳像是鐘擺，飛速擺動連片刻都不想停留！

軒宇也跟在人潮裡，隨著眾人推擠的方向，一波一波湧向停車場。如同其他孩子，軒宇也不想離開，眼睛轉呀轉，總覺得城市裡疏疏落落的星星，沒有太空艙的滿天星斗如此美麗，腦袋想呀想，還能聽到迴盪耳邊的浪濤聲，輕輕淺淺、漫漫而來，拍擊著床鋪，而小床成為悠游的小船，航向廣闊無垠的想像世界。

而且，今天，軒宇也發現了新玩意：矮桌旁邊還有別的按鈕，只要按下綠色按鍵，便能從夜空模式變成森林模式！下次，他想試試看，在森林中睡覺又是怎樣的滋味？而其他的紫色按鍵、橘色按鍵、銀色按鍵……分別又是什麼有趣的狀況呢？每一個按鍵，軒宇都好想試試看呀！

砰的一聲！還在神遊的軒宇，嚇得趕緊回神。媽媽闔上了車門，爸爸握著方向盤，車子終於緩緩移動，跟隨前方的點點橘紅色車燈，一一開出停車場，駛向回家的方向。

相較於軒宇奔馳的幻想，車內實在太過安靜，頂多，只有爸爸、媽媽此起彼落的輕輕嘆息聲。軒宇只知道，大人們心情不好，而且似乎和他有關，所以也閉緊了嘴巴，將太空艙的各種好玩事情，先吞回肚子裡。

「餓了吧？買點東西吧。」不知誰的咕嚕聲，打破了車內的一片沉靜。車子才剛停妥，親子三人趕緊下車，走入溫暖而明亮的超商。

夜晚的超商，顧客依然不少，站在貨架前各自挑選著商品。張先生拿了幾個飯糰，想著還能順便買些麵包和牛奶，當作明天的早餐；偏偏，架子前方已有其他顧客，也正專心挑選著喜歡的口味。

張先生說了聲借過，對方也連忙抱歉。咦？這個聲音，怎麼這麼熟悉？

張先生轉頭一看，直直看向那張曾經相遇的臉孔：滿頭蓬鬆的雪白銀髮，黝黑明亮的健康膚色，圓鼻頭，圓鏡片，還挺著一個赭紅上衣的圓滾滾肚皮……竟然是王老先生！那位黑臉聖誕老人！

張先生不自覺的，嘴巴也越變越圓，只差沒有發出「HO！HO！HO！」的笑聲——但他可笑不出來！張先生愣愣看向王老先生，以及王老先生身旁的女孩，同樣有著圓圓鼻頭以及大大眼睛，烏黑的秀髮別上閃著亮光的髮飾，嬌小的個子踩著厚厚鞋跟，看起來就是個年輕可愛的女孩子。

女孩抱著外套，斜掛著一個背包，上面吊著仍在搖動的小熊娃娃，小熊娃娃和女孩一模一樣，都是白上衣加上黑褶裙，而在胸前口袋上方，都用紅線繡上小小的四個字：「第一女中」。

「老公～老公～這個義大利麵看起來很好吃對不對——」張太太走了過來，拿著戰利品一臉欣喜，卻也在見到女孩的瞬間，笑意瞬間凍結在臉上。

張先生、張太太，宛如兩座石雕，在靜止的數秒內，呆呆地

看著黑臉老公公，以及站在老公公身旁，他曾提過的，那位正在讀高中的外孫女。

女孩確實是高中生，一身白衣黑裙的制服打扮。

女孩就是江老師。

第4章

國語課

張課長最近，實在是非常奇怪。公司的同事，偷偷咬著耳朵，分享這則最新八卦。

過去的張騰達課長，一說到工作便渾身幹勁，是公認的拚命三郎。但是，只要一講到他家兒子，應該是還在就讀小學的年紀，張課長就會低垂著腦袋，像隻敗陣的公雞，忽然變得鬱鬱寡歡，什麼也不想再提，一個人窩回辦公椅內悶悶不樂。

而最近的張課長，仍是滿懷心事，而且仍和孩子相關。雙眉緊緊皺起，雙唇用力抿起，兩頰變得乾癟，連走路都有些遲緩，畢竟總是一邊走路、一邊還在想些什麼，想得兩眼渙散，陷入沉沉的內心世界。

張課長依然認真工作，處理公務毫不馬虎，每場會議、每則簡報、每個執行的業務，依然做得有聲有色。而在休息的時候，卻總是看向窗外發呆，或著，拿出幾張印滿鉛字的文件，看了幾行便嘆氣，嘆氣幾聲又緊盯著看，似乎想要看出隱藏其中的玄機。

「上面呀，寫的是1≠2、3≠4……好奇怪的東西唷，是小孩的作業嗎？現在的國小生，學的東西有這麼簡單嗎？」特別八卦的同事，躲在廁所窸窸窣窣，交換著最新情報。

至於張課長本人，也就是張先生，現在就坐在廁所隔間內的馬桶上。聽到自己成為茶餘飯後的話題，他只覺得好笑，卻也感覺無奈，只能偷偷吁出一口氣，還得壓低聲量。同事終於魚貫而出，他也才走出隔間，洗手、洗臉，然後看向鏡中的自己——依然是心事重重的模樣。

張先生的心中，確實塞滿各種不快：江老師竟然是個高中女孩？而且就是王老先生的外孫女？說明會那天，王老先生偏偏坐在他倆身邊，講些什麼判斷國小生家長還是高中生家長的奇怪話題……搞不好，就是在刻意搭話！搞不好，這一切就是精心構劃的詐騙，利用那張處處陷阱的契約書，誘騙家長的——

誘騙家長的什麼？錢嗎？人嗎？時間嗎？

張先生又開始糾結，內心紐成數股難解的麻花捲，都是他梳理不明白的地方。如果說是詐騙，從頭到尾，他沒付過任何一毛錢，包括信用卡的金融資料，自始至終都未填寫，工作人員更從未詢問；相反的，至今上了兩次課，總有茶點飲料免費取用，各種設備一應俱全，更別說軒宇，在那間要價不斐的太空艙個人室，呼嚕呼嚕睡得香甜。其他家長也難免擔憂，害怕這是先禮後兵，唯恐之後要支付天價費用；開發中心卻一再保證：「試聽之後，若不滿意，無須支付任何費用。」

錢的事情，暫且不提。人的方面，首要考量便是安全，卻也沒多大問題，比如說小孩個人室，隨時有鏡頭拍攝，家長可由平板查看一舉一動；反而是年齡較大的孩子，會由房間那端關上影像，保有個人隱私。即使如此，仍有訊號顯示的生理觀測儀器，顯現房內孩子的脈搏、呼吸、體溫，不用擔心突發意外，當然也不用擔心孩子偷偷溜出房外。

老實說，也沒有孩子捨得離開，每次上課——應該說是每次的睡眠時間，孩子們總是迫不及待衝入專屬太空艙，彷彿幾百年沒好好睡飽，砰咚一個彈跳，雙手雙腳張成大字形，跳入鬆鬆軟軟的床鋪，如同裹入層層雲朵，便能悠悠蕩蕩飄至夢境，睡得整臉都是笑。如果家長還是不放心，也能到門外查看，雖然不能進入房內，並總有工作人員在旁監看，卻也是親眼見證，每個小孩安然無恙。

若是說到時間，雖然每周必須準時去報到，卻也約莫兩個小時爾爾，家長當成去放空，小孩當作是去補眠，仔細想想也沒多大損失。

「起跑線：潛能開發中心」這間教育機構，或著該說是莫名其妙的奇怪機構，免費提供一群小孩去睡覺，又強迫一群家長去聽課，到底是何居心？到底圖的是什麼？張先生想得頭殼發疼，還是理不清頭緒，彷彿陷在一團迷霧之中，隱隱約約察覺了某些蹊蹺；但是，情境太過陌生又太不合常理，因此只能悶頭亂轉，至今還是找不出，究竟應該走向何方。

當然，還有一塊浮木，張先生不禁握緊了手機。

偏偏在這個時候，蔡經理陪同總經理，飛到國外參與研發會議——這些困擾，蔡經理應該最清楚吧？張先生想著，如果能當面問問曾是過來人的蔡經理，就能釐清這個混沌不明的情勢。所以，昨天深夜，他一口氣劈里啪啦，寫了一封超長超長的電郵，將事情從頭到尾敘述一遍，並將攪在心裡的各種疑問，全盤倒入信中，希望得到指點，得到前人指引的一些些方向。

蔡經理會回信吧？什麼時候會回信呢？像是呼應張先生心中那股熱切，就在此時，手機竟然叮咚一聲！

張先生連忙查看，像海鷗一樣高高揚起的眉毛，瞬間又收緊了雙翅。

手機螢幕亮起，浮動著熱騰騰的新訊息：「『起跑線：潛能開發中心』

提醒您，今晚請記得準時上課。本周授課內容：國語加強班。」

＊＊＊

「你今天，要選擇什麼場景睡覺呢？」苦中作樂一般，張先生在太空艙房門闔上之前，順便問了軒宇。

「祕——密——！」軒宇卻是一臉淘氣，眉目處處散發愉悅，全然不同於爸媽那兩張哭笑不得的苦瓜臉。

張太太拍拍老公，說著再忍幾周就好了，兩人便隨著工作人員，再度左彎右繞，沿著長長迴廊，走過無數間整齊排列的潔白房門；雖然是快速經過，仍可藉由門板上的玻璃窗，輕輕一瞥房內場景。有的窗內，已是一片漆黑，或許房內的人已沉沉睡去；有的門窗，則透出繽紛光彩，宛如千百顆迪斯可閃球，正在房內盤旋環繞，迸出炫目卻不刺眼的七彩亮光，不知裡頭的孩子，在這房中遨遊於如何絢爛的夢境。但是，卻在經過某些小門，似乎能聽見，隱隱傳來孩子的笑語，嘰哩呱啦、嘻嘻哈哈——咦？真難得？不是每個孩子，都會在房間裡頭睡得唏哩呼嚕嗎？

張先生回想著，家長群組中相互回報的消息。

是的，他們幾位家長，早在第一回課程之後，立即交換聯絡方式，成立了一個名為「起跑線有夠爛！」的家長群組，本想組織自救會，依循法律程序、公家機關查核、最好再拜託幾個議員立委出來開場記者會，向社會大眾踢爆，這家開發中心的詭異花招！

但是，幾個熟悉法務的家長，研究數日之後，赫然發現——「起跑線」這家機構，雖然行事風格有夠怪異，卻沒牴觸任何一條法律！打從一開始，各項傳單、各類文件、說明會的口語介紹種種，全都清楚標示，活動參與者為「家長與孩子」，還用粗體字明顯附注：缺一不可。只能說，家長們一時昏了頭，總以為只要報名補習班，要去上課的必然是小孩；所以，現在大人也只能摸摸鼻子，乖乖走入教室聽課。

其次，時至今日，「起跑線」全未收取一分一毫，遂也不能說有詐騙金額的不法情事。老實說，帶著孩子前來的家長，反而才是白吃白喝、占盡好處的一群人；每逢上課日，不僅可以免費停車，還能享用各類美食、點心、水果、飲料、冰淇淋。更別說，孩子的專用個人室，算來也是一筆花費；甚至，每回下課，還提供各類桌遊，只要親子喜歡，便能帶回家盡情遊玩。

「我兒子根本不想回家……」

「我女兒，昨晚夢遊站在門口，問她要幹麼，她說要去起跑線上課……」

「哈哈！什麼上課！要去上課的是我們這些家長吧！」

「沒錯，沒錯，小孩玩得好累，大人上課好淚。」張太太也加入群組聊天，在訊息後方，附上一連串飆出眼淚的笑臉。

張先生也不曉得，究竟該笑還是該哭。「起跑線：潛能開發中心」處處大方，唯獨，契約上那條該死的條文，至今不肯妥協半分——試聽期間，絕不允許家長缺課，若是違約則須賠償五十倍課程費用；但是，試聽之後，後續不想參與課程，也絕對不收取任何費用，包括先前由機構提供的各種設備與服務。

只要一熬過試聽課程，哪有可能，會有家長願意留下來呀！張先生思索著，這顯而易見的結果，因此更加納悶，這間機構，究竟是何居心，盡做這種穩賠不賺的生意。

「嗨！」一個家長，坐入旁邊的位子，和張家夫妻輕輕點個頭。

張先生也微微笑著，隨即低聲詢問：「林先生，你說的那個調查……結果如何？」

林先生，也是被迫來上課的家長之一，是個單親爸爸，獨自養育兩個兒子，大的已經讀高中，小的則讀希望小學二年級，算是軒宇的學弟。林先生的伯父，在附近擔任里長，他也常去幫忙處理里內事務，因此對於這個地段，算是熟門熟路。

面對探問，林先生卻是一番苦笑，只是指著自己的手機螢幕。他已開啟了群組頁面，最底端的那則方塊，便是他剛才送出的訊息：

「各位大家好！我是小林！小林已經問過附近的『中典派出所』！

「所長說這間『起跑線』中心，大概已經成立十年了，從他調任至此就已經有在營業。但是呢，所長說就他記得的，應該沒有人來投訴這間補習班！

「小林也有問所長，所長說我們這樣應該也告不成，其實所長好像也聽不懂我們到底要告什麼……抱歉呀，大家，小林這邊想不到好辦法了。」

隨之而起，下方湧出一串貼圖，有的吶喊，有的哭泣，有的滿臉黑線無語問蒼天。幾個家長，陸續從螢幕裡抬起頭，卻也只是相互交換一個苦澀的微笑。

噹噹噹噹！牆壁上的電子鐘，時間一到便準時響起——第二堂課開始了！

也在同時砰的一聲！一位身形纖瘦的少婦，聲量卻是不小：「上什麼課！憑什麼要我們上課！」

幾位家長立即點頭，幾位則是投以欣賞的眼光，少婦因此更加放大了分貝：「上什麼國語！當我們很閒嗎！每天上班、上班！還要來上什麼課！讀什麼書！寫什麼作業！有完沒有呀！誰有空搞這些呀！」

連串質疑像是密集投下的炸彈，炸得四處炮聲隆隆，遂也引發些許掌聲，助長少婦的反攻氣勢。

奇怪的是，有些家長，卻只是盯著上回的作業，似乎在考量些什麼，專注到沒有回覆群組的訊息，也似乎對於這場騷動，毫無反應。

「對啦！上課不重要、讀書不重要、寫作業也不重要！」站在門口的人，聲音相較小了許多，但她說得極為用力，一字一句遂也更顯清楚，字字鑽入每個人的耳膜裡。「那家長為什麼老這樣說，如果能讀書該有多好！如果能回去當個學生該有多幸福！上課、讀書、寫作業，不就是各位家長，認為最棒最好最重要的事情嗎？」

家長紛紛回頭，也紛紛睜圓了眼睛，看向門口的那個人。

手上拿著一疊試卷，胸前掛著一張名牌，上頭兩個大字清楚明顯：「講師」。

門口的那個人，便是今天「國語加強班」的老師。

她的劉海齊眉，髮長及肩，烏黑髮絲梳理整齊，像是一頂量身打造的圓弧型安全帽，穩穩貼貼扣在腦袋上；眼睛細細長長，更顯得臉頰飽滿，而微微翹起的嘴唇，也總是呈現一種正在噘嘴的可愛神情。

這個講師，的確可愛，且無庸置疑的，就是一個面容依然稚嫩，穿著體育校服，國中年齡的女孩子。

＊＊＊

「國中生？」
「喂，這根本是個小孩吧？」
「我女兒都比她大了吧！」
「講、講師，這孩子是今天的講師？有沒有搞錯啊？」

女孩每前進一步，就響起一波質疑的聲浪。家長有的站起身子，有的大聲嚷嚷，各自朝向離得最近的工作人員，嘰嘰呱呱不停抗議。

張先生和張太太，這回卻是保持沉默，他們想著同一件事，便是實為高中生的江老師。當他們在超商偶遇，夫妻倆像是抓住什麼小辮子，毫不留情的當面質問：明明只是個高中生，怎麼能假冒講師，還站在臺上對著一群大人授課？

「誰冒充了？我可是實實在在接受中心的委託，來幫你們上課。」江老師語氣平淡，看著眼前兩位大人，卻彷彿面對兩名懵懂的幼兒，再度耐心指點迷津：「倒是你們，為什麼認為，只要是年紀比你們還小的人，就沒有資格來教你們新的道理呢？」

——「安靜！」

女孩一踏上講臺，又是一句怒吼！但她實在太過年輕，聲音仍是輕輕嫩嫩還帶點鼻音，遂而像隻小貓的嗚咽，即使用力嘶吼，聽來也毫無威脅。

相較之下，氣嘟嘟的神情，方足夠傳達女孩的滿腔憤怒：「太過分了！我人就在這裡，有什麼不滿，對我說就可以了！」

女孩環視講臺下的所有大人，如果雙眼可以噴出火焰，她必然已經掃射兩排烈焰：「工作人員全部出去！現在我是老師，這間教室，全部歸我管！你們這些學生，如果有問題，全部來問我！」

張先生看向張太太，正如張太太和林先生，也正一臉茫然地看著他。在場的大人，覺得好像陷入一個難以清醒也難以脫離的噩夢，噩夢的內容，還是陪著年齡稚嫩的少女，被迫玩起老師學生的家家酒扮演。

幾個家長，甚至握緊了拳頭，也脹紅了脖子和臉頰，像是充氣過滿的巨大人偶，瀕臨爆炸只剩五、四、三、二……忽然教室內一陣光影，原來是後方有間音控室，工作人員由中操控布幕、音響種種設備，他們雖已聽從指示、離開教室，卻沒忘記原本負責的工作，開始放映每堂課前的提醒標語：「試聽課程，務必全程參與，詳情請參閱契約說明書。」

一句話宛如一根針，戳進大人的心口，遂使怒火紛紛消氣，家長們猶如被抽乾的氣球人，一個個癱回座位，沒人有力氣再多說一句話。

講師卻仍怒火難平，踏著重步，將試卷一張一張，重重地摔在眾人桌前，嘴巴仍然不停碎念：「大人不是最喜歡說嘛：站上講臺就是老師，上課就要尊重老師，別人講話要專心聽，和人說話就得看著對方的臉，不應該背著別人講壞話……每個都會說，偏偏每個都是做不到……」

不知是少女的聲音太小，還是大人的聽力因為老化而逐漸削弱，許多家長只是一臉淡漠，默默收下傳來的紙張連聲謝謝也沒說。直到，看到講義上的連串文字，才又糾結了整張臉，各自浮現諸多問號。

(　　) 01. 小華熱愛學習課業，所以總是「名列前茅」。

(　　) 02. 小美喜歡美睫美甲，所以總是「名列前茅」。

(　　) 03. 小明參與攀岩運動，所以總是「名列前茅」。

(　　) 04. 小郁時常做白日夢，所以總是「名列前茅」。

(　　) 05. 小萱破關速度極快，所以總是「名列前茅」。

(　　) 06. 小泰做菜又快又香，所以總是「名列前茅」。

(　　) 07. 小正擅長街舞表演，所以總是「名列前茅」。

(　　) 08. 小凱最會投三分球，所以總是「名列前茅」。

這是什麼？張先生眨眨眼睛，想要再度看清，這張紙上的每列文句。他當然讀懂每一個字，加上也曾苦讀十數年的學生經驗——這應是一份考卷，而且還是最簡單的是非題判斷，而答案也昭然若揭。但是，張先生又幽幽想著，依循上次數學加強班的經驗，越是簡單的問題，似乎就越加不尋常。

果不其然，國中女孩交代眾人，這是一張成語測驗的是非題，對的打圈，錯的畫叉。每個人草草寫完之後，女孩又發下一枝枝紅筆，煞有其事要求大家交換改，還得按照題數以計算得分。大人們儘管癟著嘴，也只能勉為其難的聽從指示，隨著「老師」公布的答案，一題一題批改劃記……

「耶，不對吧？」角落率先發難。

「小美這一題，答案怎麼可能是『圈』呀？」另處也傳出質疑。

「喂喂喂，怎麼可能每題都是『圈』呀？」戰火此起彼落，而且逐漸猛烈。

「老～師～」一個家長刻意拉長了語音：「你給的答案，怎麼好像怪怪的？」

女孩的臉頰泛上了紅暈，雙眼卻仍直盯著對方，毫不畏懼也無所遲疑：「我給的答案，哪裡有問題？」

「當然有問題呀，老師呀，你到底懂不懂『名列前茅』這個成語的意思？」輕推了臉上的黑鏡框，十指再慢慢交握於下巴，這位面容削瘦而神色更顯嚴厲的中年男子，反倒更像個不吝賜教的老師——而他也確實是位大學教授，專長正是中國文學——他耐著性子，又夾藏一絲不置可否的嘲謔：「成語這種東西，不是每個句子、每種狀況，都能隨便套用，懂嗎？」「是呀，只有『熱愛學習課業』這句，才接得上『名列前茅』這個成語，懂嗎？」似乎擔心女孩不夠明白，另個體態豐腴的婦人，也加入聲討的行列，不忘在聲音裡頭倒入一瓶醋，遂讓每個喉間迸出的字詞，都飄散著濃濃酸味。

女孩轉頭環視周遭，甚至慢慢旋轉了一圈，以便清楚看到每個家長臉上，各自浮現的鄙夷、否定，或至少是困惑。她難得安靜了數秒，並非懊悔自己的學識不精；女孩其實在等待，等待大人們再度確認，他們從小學習的成語與定義，所謂正確的用法，究竟應當如何搭配，以及哪些句子和哪些狀況，其實永遠不能相搭。

然後，這時她才恨恨開口：「既然你們對成語這麼懂……那麼，你們告訴我呀！為什麼喜歡塗指甲、想要學化妝、長大之後想當美髮師的女兒，數學也必須要考一百分？」女孩看向一身套裝的幹練婦人，對方愣了數秒，啞口無言。

女孩又看向身穿條紋衫的壯漢：「為什麼喜歡做菜、喜歡做蛋糕的兒子，沒考到前五名你就覺得丟人現眼？」壯漢同樣無言以對。

女孩跨步向前，兩旁的家長竟本能縮起了肩膀，小心翼翼看著女孩衝向那位豐腴而美豔的婦女：「你告訴我！為什麼很會打遊戲、電競很強的女兒，沒有去讀書，你就覺得她一生絕對會完蛋？」

再一轉頭，像是盤旋海面的颱風，吞食更多畏懼而更加強盛，女孩氣勢泱泱地殺到大學教授正前方：「說！告訴我！為什麼籃球超強的兒子，如果國文沒有考到九十分，你就想要打斷他的腿？」

這場突如其來的風暴，侵襲了教室裡的每一個角落，然後，遍地拔山倒樹之後，女孩終於狂嘯回講臺。講臺兩側備有小階梯，遂使臺面更高，女孩重重踏步而上，更有種居高臨下的氣勢；而她，也毫不掩飾，臉上所有的厭惡與不屑，朝著所有家長，盡情施展最後一次轟炸：

「不管生了怎樣的小孩，不管孩子到底有什麼興趣或能力，說來說去，你們永遠只會用一句成語來形容啦——『我家孩子一定要名列前茅』！對你們而言，這句成語超級百搭啦！情況不適合還是照樣用啦！」

女孩再深吸一口氣，極盡所能的用力吶喊：「大人的國語，實在是有夠爛！」

第 5 章

英語課

室內一片昏暗，只有清晨微光，由窗簾的縫隙斜斜映照在地板，切出一線白痕。

張先生窩在躺椅上，因為睡不著，翻來覆去擔心會吵醒身旁的老婆，索性捲了條涼被，一個人來客廳躺著。就這樣短短幾步路，腦袋反而更加清醒，而終究整夜無眠，遂而坐臥在這裡，看著窗外隱約的陽光，以及逐漸立體的街道嘈雜。

「開個窗簾吧。」不知道什麼時候，張太太竟也來到客廳，熟練的拉濾紙、沖熱水，轉眼間泡出兩杯熱咖啡，濃郁香氣撲鼻而來，呼喚著其實從未入睡的神智。一口咖啡之後，張太太依然滿臉倦容，看來她也是失眠了一夜。

夫妻倆，相對而坐，小口小口啜著熱飲，只剩吞嚥的聲響。

「我想，」張先生率先開口：「今天晚上，軒宇就先送去奶奶家吧。」

張太太沒有說話，腦袋卻扎實點了幾下。今晚，又是「起跑線」的固定課程，夫妻倆避免缺課受罰，早早排開各種事務，只為能夠準時出席。

但是，奇怪的是，就在前幾天，「起跑線：潛能開發中心」發了一封簡訊，告知參與試聽的家長，即日起，便可自行選擇，是否要帶小孩同行。張先生做事謹慎，主動與機構聯絡之後，再三確認消息無誤。因此，剩下數周的試聽課程，雖然家長仍得全程參與；但至少，不用帶著小孩前往——如果臨時要逃課，說不定還比較方便呢！

學生時期，總是領取全勤獎的張先生，竟然動起這種歪腦筋，他自己也不禁吃吃竊笑。

張太太白了他一眼，卻也邊碎念邊帶著笑意，盤算著要幫軒宇準備哪些評量作業本，才不會荒廢今晚，也才能好好補齊之前落後的進度。

看著老婆忙裡忙外的腳步，生活似乎再度回歸正軌，張先生頓覺多日來的緊繃與焦慮，稍稍獲得平息。

雖然，有時他竟不自覺想起，江老師提醒的「每個孩子就是每個數字，只差一點點但絕對不相同」，以及那個國中女孩，劈頭劈腦罵的一串話：「大人的國語有夠爛！永遠只會說『名列前茅』！」而每次想起的時候，胃裡便是一陣翻絞，直直湧上喉間，濃聚成卡在心裡的一根尖刺。

張先生知道，而他也承認，自己絕對不是完美的家長。但是，這個社會就是如此運行，在乎比較、在乎分數、在乎學歷、在乎所有頂尖卓越的一切——他和老婆，就是這樣長大成人，深深體會讀書的痛苦，也唯有如此，才能親身見證認真讀書所生的利益，才能讀到好學校，才有今天的好工作，也才能建立一個不愁吃穿的家庭！

多希望，軒宇能更用功念書，將來踏上一條比較安穩的道路。至於，那些熬夜奮戰的痛苦，屢屢被比較成績的辛酸，層層加疊的課業壓力……為人父母的，當然也會心疼、不捨；但是張先生也相信，終有一天，軒宇便會明白爸媽的用心良苦。

一想到這裡，心情也如天色一般，漸漸明亮而清爽，張先生遂又輕輕哼起歌來。

＊＊＊

話說今天的天氣，實在是太過詭譎。

清晨時分有點微涼，天色也是滿片霧霾，應當是個陰惻惻的一天，出門或許還得帶把傘。隨著時間移轉，陽光卻逐漸燦亮，直至日正當中而萬里無雲，竟然變成明晃晃的大熱天；因此，現在已是晚間時分，空氣仍然滿布燥熱，直直飆上另波高溫。

而張先生的心情，卻和今日的天氣，恰恰形成了反比。

早上，他才因為機構傳來的簡訊，稍稍鬆了一口氣，雖然不明白「起跑線」主動退讓的原因，至少覺得事情開始好轉，自己絕對能夠戰勝這間任性妄為的怪異補習班；然而，一到下午，筆電捎來一封消息，遂讓張先生對於「起跑線」所築起的心防，瞬間又鑽破了一道裂口。

是蔡經理的回信。

信中匆匆寫到，因為參與極度關鍵的研發會議，公司不允許使用私人手機，以免走漏風聲，更唯恐會洩漏新產品的重要機密；所以，蔡經理經歷數周的會議奔波之後，終於能夠稍稍喘息，也才有時間，回覆張先生的緊急來信。

「小張，我正在等候補機位，沒法寫太多，其實也交代不清。

「但是，你一定要相信『起跑線』！

「如果你相信蔡大哥，你就一定可以相信『起跑線』，繼續把孩子留在那裡吧！你也一定要繼續聽課！為了家庭真正的幸福，相信我，這一切絕對值得。」

相信、相信、相信？問題是，到底要相信些什麼呀？如果不是在辦公室裡看到這封信，張先生真想緊緊揪住頭皮，狠狠嘶喊一聲！

是的，他的確相信蔡經理的為人，蔡經理海派又正直，也絕對不會信口開河；可是，張先生又是滿肚子疑惑，向來大方爽朗、暢所欲言的蔡經理，為何卻在信中吞吞吐吐，好像說了很多，卻又什麼關鍵也沒提到……如此欲言又止，還真不像蔡經理的處事風格！

但今天還沒結束。

傍晚時分，張先生和張太太去接軒宇下課，打算直接將他載到奶奶家。沒想到，一聽到今晚不用去「起跑線」，軒宇竟然哇哇大哭！軒宇從小脾氣溫和，雖然玩心重、反應慢，寫個作業總是拖拖拉拉，但是，對於大人的各種規定，軒宇總是照單全收。不喜歡的紅蘿蔔，因為媽媽規定要吃完，軒宇捏著鼻子還是乖乖吞下；晚上很想睡、早上很想賴床，但是爸爸說讀書不能偷懶，軒宇雖然滿臉愛睏，也還是勉強坐起身，翻開課本繼續苦讀。

所以，張先生和張太太，早就習慣乖乖聽話的軒宇。

因此，看到崩潰大哭的軒宇，夫妻倆完全不知如何安慰，甚至如何開口。

軒宇哭得淒厲：「怎麼可以這樣——」他大哭大鬧，一邊嚷嚷早就準備好了、早就準備好了，彷彿對於今晚，已有萬千期待和規劃。這也難免，這幾天的晚餐時間，軒宇總是嘰哩呱啦，說著前兩周在太空艙裡如何享受，又說起各色按鍵，或許對應著哪些模式，滿心雀躍想要一一嘗試。

軒宇衷心盼望的，就是每周一次，和爸媽一起去「起跑線」上課——所以怎麼能臨時取消！

「不許哭！」看著軒宇淚痕斑斑，張先生其實也心疼，但更心慌，只想止住這波難受的哭聲。「爸媽說不能去，就是不能去！而且有奶奶陪你呀，你不是最喜歡去奶奶家嘛，有什麼好哭的——」

張太太也加入說服的行列：「是呀，軒宇，奶奶會做炸雞給你吃喔！而且你也可以在奶奶家睡覺呀，明天是周六，就讓你直接待在那裡好不好……哎呀別哭別哭嘛……」

張先生又大吼幾聲，張太太又安撫幾句，軒宇終於從嚎啕大哭變為抽抽噎噎，但是仍然低垂著頭，什麼話都不說，什麼話也不回。車子一到奶奶家，軒宇打開車門就衝了出去，直直奔上公寓三樓；連聲再見也沒說，只有腳步踩得蹦蹦亂響——看來，軒宇還是

滿肚子的不開心。

張先生嘆了一口氣，卻也只能驅車前往下一個地點。一路上，兩人討論著，等會下課順路買些零食、漢堡；說著說著，彷彿已看到軒宇綻放笑容，鑽入懷中的撒嬌模樣，一想到這，張先生也慢慢放下懸在心口的大石。

***

而事情，卻出乎張先生所預料的。

到達「起跑線」的停車場，一如往昔，適逢上課日所以車潮依然洶湧；但是，看著下車的人，張先生赫然發現，仍有許多孩子前來！

沿路遇到一些家長，有幾個還是同堂課程的成員，一同在群組裡大吐苦水，也有些許革命情感，遂而打起了招呼。

但是，不同於張先生和張太太僅只夫妻兩人，其他家長，多半還是帶著孩子來上課。

「有啊、有啊，我也有收到那則簡訊呀！」

「群組裡面也有人問喔！很怪對不對！」

「沒辦法，我家小孩就是堅持要來……」

「一說不能去，小孩就是瘋狂哭呀叫呀，還給我摔東西呢……」

「我家的是沒哭啦……」

林先生也湊了過來，不好意思撓撓臉頰：「只是呀，我家老大就一臉不爽，還說呀——」林先生咳咳幾聲，刻意裝成孩子的聲調：「喂，老爸，怎麼你做這些有關於我的決定，都不用先問我一聲啊？」

其他人噗哧一笑，說著人小鬼大，幾個家長則是點頭如搗蒜，抱怨自家兒女不知從哪學來的，也是極力聲張自己的選擇權、自主權，還要爸媽不得干涉……一群家長說得個個苦笑，卻也只能搖搖頭，趕緊前往今晚上課的地點。

上課前幾分鐘，教室仍是人聲鼎沸。

逐漸熟稔的家長，相互交換著情報，有人說著「起跑線」其實是政府單位，暗中從事教育實驗，所以才有如此豐沛的資金，卻又如此神祕而詭異的行事作風；有人則說，「起跑線」可能是宗教團體，打算洗腦眾人，這位家長於是全身配戴密錄器，打算趁著上課、匯集資料，一舉揭穿所有不法！只可惜一進大門，防盜錄偵測儀便嗶嗶作響，引得工作人員團團包圍，還拿出契約，說著上頭早已載明「為保障肖像權與智慧財產權，凡未經本中心同意，不得有任何錄音、錄影、攝影之侵權行為」——因此，家長只能交出所有器材，蒐證作戰宣告失敗。

一位家長壓低了聲量，引得周遭的大人，立即縮成一個小圈圈，才好聽得更加仔細。「其實呀，我有個阿姨，她的小孩也有上過『起跑線』的課程耶。」

「應該是你阿姨去上課，小孩負責來睡覺吧——」一句插話，眾人心有同感遂哈哈大笑。

「嗯——」開啟話題的人，此時卻故弄玄虛，喉音拖得老長老長。

「其實呀，我一直追問我阿姨，但她就是打死都不肯再多說半句！」

看著眾人訝異神情，這位家長繼續壓低聲量，卻掩藏不了聲音裡的激動與亢奮：「很怪喔，我阿姨頂多承認曾經來過『起跑線』，但是呀，課程怎麼上、小孩活動怎麼安排——她不說就是不說！」

嚥下一口口水，眾人因為這個空檔而更浮躁好奇，這名家長才又終於開口：「原來呀，我阿姨有簽『保密協定』！說是只要上過完整課程的人，都不能透露當時到底上過什麼課！」

原來如此！張先生終於恍然大悟！

先前，他曾多次搜尋，關於「起跑線」的各種評價，卻只看到滿滿五顆星，評分的網友也是確有其人，甚至還有幾位，與他擁有共同好友，並非只是網路上的灌水軍團。奇怪的是，相關評論卻幾乎沒有，頂多就是語焉不詳的「真的是很棒的課程」、「超讚的上課方式」、「前所未有，一生受用」——這種語焉不詳的讚美，就像是，蔡經理那封語意含蓄卻又積極鼓勵的信件……

一群人說著「起跑線」的各種傳聞，猜測這間機構的真實身分，同時不忘相互安慰，畢竟試聽課程已至倒數幾周，只要再煎熬數次，就能秉持合約內容——課程結束，便能拍拍屁股走人！

然而，張先生卻也發現，保持沉默的家長，似乎也慢慢變多了。

從一開始的同仇敵愾，在首周的合約講解之際，眾多家長都是有志一同，極力抗拒上課！也極力反對讓孩子專程來睡覺！只怪契約已經簽訂，開發中心的法務人員，毫不留情說明違約代價，眾人只好閉起嘴巴，卻也不甘願的嘟嘟囔囔，轉戰群組繼續開炮！

然而，次周的數學加強班之後，幾名家長便是若有所思，一律選擇靠牆的位子，遠離相互交談的其他人們；但也並非趁機偷懶、上課打盹，而是雙眼更加專注，卻總是空洞的飄向更遠的地方，不知在凝視些什麼，遂而想到失神，還有一人抽出紙巾，像在拂拭眼角的灰塵。再下一周的國語課，眾人都被那位國中生講師，罵個狗血淋頭，遂使退居後方的家長更多；而他們，也不是聚在一起抱怨著小女孩的目中無人，反而陷入更長的沉默，呆呆看著那張紅筆斑斑的成語考卷，想著各自的心事，想到深深嘆息。

「老實說，我還滿期待，今天的英語會怎麼上課……」一則訊息浮現於群組，下方立即排出長串貼圖回覆，接連是震驚的兔子、石化的烏龜、瞪大雙眼的小人偶；卻也有幾張貼圖，呼應著心願，比出大拇指或是送上一顆愛心。

一陣閃光，赫然出現，中斷在場所有交談！家長們僅只停頓半秒，便知道這是開始上課的訊號，因此紛紛坐正了身子，或至少是好整以暇的雙手抱胸，就看今天課程，又會如何安排。

門板一開，工作人員一邊鼓掌一邊引領講師——只見卡其色牛仔帽輕拂過門框，而帽簷下飛散著灰棕色亂髮，亂髮微微遮蓋那雙濃眉大眼，卻擋不了滿頰滿腮的粗硬鬍渣——是他！張先生猛然想起！就是那個走廊上的高壯男人！

男人氣勢強大，一步一步踏得沉穩，彷彿也將室內空氣踏得平實，眾人連呼吸都得小心翼翼。因此，直到男人走到通道中端，大家才看到，後頭其實還有兩個跟班：一個微微駝背的老婦人，以及一位身形瘦弱的孩子。

張先生的嘴巴已經拓張至無法再拉大的寬度，連下巴都差點要掉落——那是軒宇！軒宇以及奶奶！

＊＊＊

高壯的男人，走上了講臺，機器投射的「英語加強班」，正好照映在他寬闊的背上。時至第三周，這回的授課講師，相較之下令人畏懼，但是，其實也更為符合，家長心中對於老師的印象。

可是，男人只是將講臺邊角的木箱，挪動至麥克風立架的前端；唯有如此，那個太過矮小的身影，才能搆到麥克風，將聲音傳達至偌大教室的每個角落，以便展開今天的課程。

今天，「英語加強班」的講師，正是張軒宇！

即使站在堆高的木箱，他的身形仍是如此瘦小，兩條細腿還忍不住微微顫抖著，而兩隻小手更是緊緊揪住褲管邊緣，站得直挺挺，連大氣都不敢亂喘。小小的胸前，更顯掛在脖子上的名牌是如此巨大，「講師」二字幾乎就占據了半個胸膛！誰都知道，軒宇此時應該緊張得不得了，而在場的每個人也都看得出來，軒宇臉上的神情，比任何人都還要認真。

卻也有人不買單：「弟弟，你是國小生吧？」

「上次是國中生，這次是國小生……國小生要來教我們學英語？」

「說不定是個英語神童呀。」有人冷哼一聲，而軒宇卻已清楚聽見，小臉立即脹成一顆熟透的番茄，極度鮮豔的紅色，宛如有兩團熱火正烘烤著雙頰。

張先生知道，軒宇根本不算什麼英語神童，甚至還能說，英語根本就是軒宇最為頭痛的科目！

但張先生也知道，軒宇從小乖巧、聽話，因此也有點膽小，特別是面對這些嘲諷和攻擊——身為父親，怎能容忍別人挖苦自己的小孩？所以毫不猶豫，張先生霍地站起身來！

「安靜！」有人卻已搶先出聲，是個靠在牆邊的女人，聲調柔和卻是一臉肅穆：「就算是小孩，也是今天的老師，大家就應該要專心上課！」

而張先生只能訥訥站在原地，有些尷尬，當然也有些感動，趕緊朝著女人點點頭。這時，身邊的張太太卻又猛然站起身，雙手鼓掌且大聲喊著：「軒宇！加油！你可以做到的！」就在此刻，張太太終於明白軒宇的反常，那幾句哭著嚷嚷的「我都準備好了」，原來就是為了此刻！

幾個掌聲，稀落響起，再加上教室四周的工作人員，始終熱情的搖旗吶喊，軒宇的小臉，總算綻發出昔日的笑容，露出門牙處的淺淺黑洞。

軒宇掏出口袋的小抄，一字一句，大聲念著：「大、大家好！我們今天要來上英語課！」

「今天要上課的東西，就是這個——」

小手一揮，布幕投影成另張頁面，僅只幾個粗體大字：「5W1H」。

「哇，今天上的課很正常。」一個家長低語。

另個家長點頭附和：「終於聽到正常的東西……但也太過簡單了吧。」

張先生很想轉頭，訓斥那些人應該專心聽課。而臺上的軒宇，則是不受影響，邊看著小抄，不忘也看向臺下的諸多大人，透過沙沙作響的麥克風，繼續陳述今天的重點：「5W1H，就是Who、What、When、Where、Why，還有How。」

軒宇清清喉嚨，看向講臺下頻頻點頭的爸媽，再度深吸一口氣：「接下來，要請大家寫句子。如果看不懂的話，要舉手，老師這邊會跟你講。」

軒宇的童言童語，惹得幾個家長輕笑出聲，眉宇因此放鬆不少。當然，這只是短短一瞬間，看到工作人員遞來的講義之後，眾人又是頻頻皺起眉頭。

如同坊間測驗卷，頁面會列上幾行中文，而下方搭配著橫線，規定作答者須依循中文字義，將句子翻譯成英文，並且搭配5W1H的固定句型。只要讀過國中，甚至是國小的兒童美語先修班，對此練習絕對不陌生。

但是，不是翻譯成英文太困難，而是中文的句意，本身就是詭異至極：

（請加入 Who 造句）孩子，你是誰？

翻譯： ________________________________

（請加入 What 造句）孩子，你是什麼東西？

翻譯： ________________________________

（請加入 When 造句）孩子，你什麼時候可以成功？

翻譯： ________________________________

（請加入 Where 造句）孩子，你什麼地方可以自容？

翻譯： ________________________________

（請加入 Why 造句）孩子，你為什麼會被生出來？

翻譯： ________________________________

（請加入 How 造句）孩子，你要怎麼做才能讓爸媽很開心？

翻譯： ________________________________

「什麼鬼東西？」陸續浮現數聲抱怨，但聽來已不像斥責，更像是挨了一拳之後的悶響。

張先生也盯著講義瞧，萬般聚精會神，像是要從字裡行間瞧出什麼端倪。

但是，他其實更想看看軒宇的表情。這真的是軒宇……是軒宇準備的講義嗎？是他寫出來的題目嗎？更可怕的是，一想到這裡，張先生不禁打了個冷顫；他無法停止揣測，百般猜想卻又難以置信：這幾個問句，會不會就是軒宇想要問的話？

這時，張先生也想轉頭看看，身邊妻子的表情。可是他沒有，應該說他也不敢看，他怕看到跟他自己一樣的神情，一樣的茫然、驚惶、不解，以及想要掩飾、想要否認，卻又即將爆發而出的，滿腔的不捨與愧疚。

＊＊＊

那是軒宇很小很小的時候，曾經發生的事情。

幼稚園舉辦了活動，搭配紅綠繽紛的聖誕節裝飾，美其名為幼兒發表會，實際上，就是讓家長、孩子一同吃吃喝喝，也讓學過才藝的小孩，有個舞臺能表演一番。

當天，有人跳舞，有人唱歌，有人拿著彩帶一陣亂甩，也有的孩子，有模有樣拎起小提琴，演奏一首〈小星星〉，曲調頗為生澀，自信卻是滿滿，頗有大將之風的舞臺魅力，引得家長鼓掌叫好。園長大方，自掏腰包準備好多小禮物，只要孩子上臺表演，便能獲得上面有薑餅人點綴、或是麋鹿拉雪橇的精緻小蛋糕。

也因此，幾乎每個孩子都爭著舉手，極盡所能擠出各種才藝，逗得大家呵呵笑。而軒宇，一臉眼巴巴，百般羨慕卻只緊搓著雙手；直到蛋糕只剩寥寥幾個，軒宇的大眼也充滿了渴望，以及即將奪眶的淚水，他終於在爸媽的鼓勵、勸誘，還有激將法之下，勇敢舉起小手，站上舞臺表演他的唯一才藝——背九九乘法。

只是最簡單的「二一得二」、「二二得四」、「二三得六」、「二四得八」……軒宇卻是背得坑坑疤疤，不是湊錯了數字，就是排亂了順序，每背一句總有其他的孩子在旁大聲更正，伴隨著嘻嘻哈哈，園長只好邊笑邊阻止，鬧得整場亂哄哄。

軒宇還是拿到了蛋糕，以及園長滿懷慈愛的摸頭；而張太太，卻只吶吶的說了幾句道謝，便一個人鑽回車子，砰的一聲闔上車門。發表會落幕之後，張先生牽著軒宇的小手，一一和朋友說再見，一一和家長幾句寒暄，直到安靜的走廊只剩父子倆身影，黑色的影子拉得很長很長，張先生也才很慢恨慢的說出口：

「軒宇，你真是讓爸爸無地自容。」

「把拔～」五歲的軒宇，講話帶著黏黏的鼻音：「什麼是『無敵紫肉』啊？」

回憶就在這裡告結，後續又說了什麼，那天又是怎麼結束，張先生全都記不得了。他只知道，希望軒宇快快長大、好好表現，這個心願就像一顆種子，深深埋在心裡，早已長出萬千芽眼，卻也吐成無數的藤蔓，時時刻刻，緊緊纏住張先生的心。

而軒宇確實長大了，已經是個小學生，雖然功課不太好而成績也總是令人憂心。但是，他已認得許多字，也還記得很多往事。

他已經瞭解，什麼叫做「無地自容」。而說不定，軒宇也真正察覺到，在五歲的那一個傍晚，爸爸說著那句話的心情。

喀喀喀喀！有人輕敲著筆蓋，聲音斷斷續續如同滿地碎石，打亂了張先生的回憶，也敲醒了微微發愣的幾個大人。

「這些句子……真的要翻譯嗎？」一個大人喃喃自語。

「每一次上課，都是意有所指呢。」另個家長，微微露出苦笑。

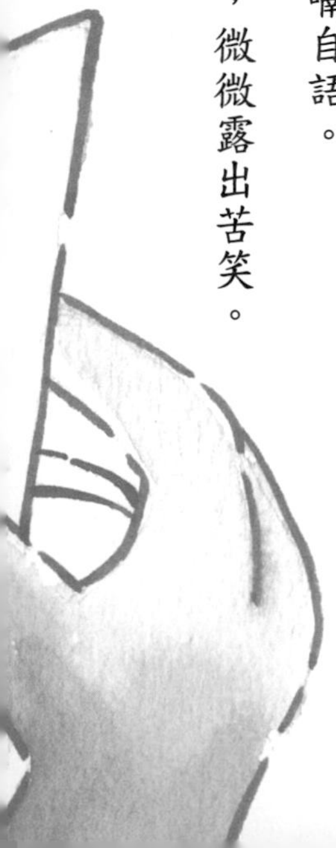

Who
What
Whe
Who 孩子，你是誰？
hat 孩子，你是什麼東

「弟弟，」坐在最前排的男子，仰望著講臺上的小男孩：「你要公布答案了嗎？我們要交換改嗎？」

軒宇卻是抓抓頭，笑出滿臉羞澀：「我沒有答案，我不會，我的英文最爛了。」

大人們不知該氣該笑，說著你是老師耶、怎麼可以沒有準備，軒宇卻又開口了：「我有、我有！我有準備好！」偷偷看了一眼爸媽的方向，軒宇瞬間低垂了眼簾：「嗯……我知道，如果我這麼問的話——我是說用中文問啦——爸爸、媽媽……可能會怎樣回答我……」

即使身旁還有別人，即使講臺上，軒宇仍然直挺挺站著，張先生卻突然再也忍不住的哭出聲來。

第6章

小心願

試聽課程，只剩最後兩周。

照理來說，一想到再過十來天就能順利解脫，回家的腳步應該更顯輕盈。可是，今晚卻是車程漫漫，幾乎繞遍了大半個市區。

張先生開車，先送奶奶回家，一路聽著她的絮絮叨叨，說著軒宇一進門就跪地痛哭，嚇得老人家以為孩子生病還是中邪，折騰十幾分鐘之後，終於從軒宇的滿臉淚痕與滿臉鼻涕之中，聽懂他的不滿和委屈。老奶奶雖然疼孫子，卻也無法做些什麼，只能端出果凍，打開電視卡通，想盡辦法安撫軒宇；而軒宇雖然哭累了，卻仍繞著客廳一圈又一圈，活像屁股裝了火爐，每隔幾分鐘就躁動難耐，大聲嚷嚷著快要遲到了、來不及上臺了、明明都已經準備好了！

而就在此時，門鈴叮咚叮咚響起，說是來了專車接送，趕著要將軒宇送到什麼中心去上課；軒宇一聽，攔都攔不住，奶奶只好跟著同行，就這麼一路直達，趕上了今晚八點的授課時段。

「媽媽，怎麼可以讓小孩亂搭陌生人的車呀？」雖然平安無事，張太太仍是抱怨幾聲。張奶奶正打算說些什麼，車子便剛好到達了公寓門口；也不等車輛停好，老人家推開車門就氣呼呼下車，說著以後自己顧孩子之類的氣話，咚咚咚咚走上階梯。

張先生只好跟上樓，安撫幾句，道歉幾句，又是將近半小時光景。

因此，等到一家三口終於回到那間小窩，已經是深夜時分了。

親子三人都很疲累，軒宇是因為舟車勞頓，還在車子後座便已睡得東倒西歪，一回到家更直直倒向床鋪，睡得鼾聲如雷。張先生和張太太，覺得全身痠痛，自嘲著已經是中年人，禁不起幾小時的課程和車程；而其實，兩個人也都明白，真正疲累的，是心。

躺在床上，又了無睡意，夫妻倆說著最近的事情，總是三兩句又繞回「起跑線」，或是軒宇，或是今天那張讓人揪心的講義。張先生和張太太，似乎能從那張薄薄的紙上，看見軒宇滿滿的心事；心事太重，壓得紙張更顯鋒利，幾乎將父母的心也割出深深血痕。

「老公，我好像明白了，為什麼我們要去上課，為什麼這間機構，要叫做『起跑線』……」

張先生沒有回話，直到身邊的妻子響起了鼾聲，他也終於沉沉睡去，暫時忘記一切憂愁。

＊＊＊

早上八點多，張先生步入辦公室之際，發現桌旁已經坐了一個人——竟然是久違的蔡經理！

長達數周的國外行程，即使是經驗豐富的老將，蔡經理仍不免有些疲憊，全身散發著風塵僕僕的氣味，彷彿只要一呼氣，還能吹出幾口黃沙。他也確實辛苦了，秉持著專業學養以及多年歷練，為公司再下一城，取得國外研發的專門代理權。因此，高層特許一周的有薪假，而蔡經理卻是準時上班，只為了來和張先生聊上幾句。

「小張，看你累成這模樣。」蔡經理呵呵笑著：「應該是被『起跑線』

大整特整吧？」

張先生也只能苦笑，像吃了整包黃連；但幸好，眼前就有一位也曾吃過黃連的前輩，最能瞭解箇中滋味。張先生正要開口，分享上封信還來不及提到的最新進度，尤其是軒宇登臺講課的那件事——卻忽然，想起了所謂的「保密條款」！那份契約！張先生火速回想契約裡的繁雜條文：有這一條嗎？我有簽名嗎？簽名之後算是違規嗎？違規會被罰款嗎？不不不就算違規了但是機構會知道嗎？

嘴巴已經打開，舌頭卻僵在其中，張先生像是被甩上岸的吳郭魚，張著嘴巴只能哈氣。旁人看了覺得怪異，甚至擔心這番怪模怪樣；至於蔡經理，仍是老神在在，從神態一看，大約摸清張先生所擔憂的事情，連忙告訴他，「保密條款」僅限於上完課程的成員，所以還在試聽中的人不在此限，當然可以暢所欲言。

張先生這才吁了一口氣，卻也意識到，仍然無法從蔡經理口中，得到任何關於「起跑線」的具體情報……

雖然無奈，面對眼前這唯一能夠傾吐心聲的聽眾，張先生仍是把握時機，將所有經過說個大概，尤其是軒宇的課程和講義，以及「起跑線」的各種詭譎，內心的種種懷疑與不安；當然，還有這些日子以來的省思與領悟，即使說出口仍有些艱難，或許是因為蔡經理也曾是個心力交瘁的父親，即使張先生說得不著頭緒，有時也辭不達意，對方仍會適時拍個肩膀，給予一個寬慰的微笑。

辦公室內，漸漸有人走動，眾人許久不見蔡經理，又或是驚訝於他的銷假上班，同事紛紛前來問候。蔡經理又是握手、又是擊掌，被人簇擁著應當辦個慶功宴，周遭一片起鬨，張先生也不好意思繼續聊著剛才那些事。

「小張，等會兒中午時間，咱們吃個飯。」蔡經理離開前，不忘過來交代幾句：「跟你介紹一個人認識認識——我的小兒子。」

＊＊＊

蔡經理選的餐廳，就在公司不遠處，步行大約五分鐘左右。

公司附近有條熱鬧的商店街，數家服飾店比鄰而居，販賣各類風格的流行款式，加上騎樓的飾品攤、帽子攤、美甲攤，物美價廉又選擇多樣，總是吸引熱衷時尚的人們前來挖寶。不過，張先生為人拘謹，又是朝九晚五的上班族，平日總是白襯衫與西裝褲，偶爾搭配一條黃領帶就已經算叛逆，是個跟時尚潮流全然無關的中年男子。

所以，平時張先生總是匆匆來去，這條商店街，只是前往停車場的必經之路爾爾。

但今天，蔡經理熟門熟路的帶領之下，張先生才赫然發現，每隔幾間店家，便有夾藏其間的小小巷弄，相較於店面的明亮喧譁，巷口顯得幽暗又隱蔽，難怪讓人忽視而過。可是，只要一走入小巷，卻是柳暗花明又一村——正因巷間昏暗，兩側懸掛橘紅燈籠作為照明，更顯韻味盎然；也正因巷弄狹窄，縷縷香味始終迴繞其中，宛如一條條盤旋的緞帶，裹上行走其間的人們，渾身沾染各類幽香。

小巷裡，暗藏許多餐館，坪數都極小，但光聞氣味便知毫不馬虎。張先生走走停停，每家料理都惹人心動，多想跟著排隊人潮，一探該家菜色的奧祕。不過，最後還是隨著蔡經理，走入巷尾的店面，上頭招牌依然嶄新，還沒經歷煙燻油垢，應該是間新落成的小店。

走入店裡，桌上已經擺滿菜餚，蔡經理招呼著張先生入座，而端飯端湯的老闆，抹抹圍裙後，竟然也一屁股坐在蔡經理身邊——原來，他就是蔡經理的小兒子，也是這家小餐館的年輕老闆。

這個小老闆，眉眼爽朗，笑聲宏亮，一頭短髮在兩側剃出幾道白線，更顯帥氣俐落。小老闆相貌英俊，手藝也不含糊，幾盤菜餚都讓張先生吃得嘖嘖作響，屢屢誇讚他的好廚藝。

「我這小兒子，從小就愛做菜，尤其是這道紅椒酸溜雞，一定要嚐嚐看！」

「家裡有個會做菜的大廚，真是好福氣！」張先生吃得心曠神怡，也不禁偷偷哀怨，老婆僅只擅長幾道家常料理，而自己更只會煎顆荷包蛋。

「拜託喔～」小老闆卻哈哈大笑：「以前我老爸根本不

敢吃我做的菜。」

「那當然！」蔡經理竟然擠了一個鬼臉：「多怕你趁機下毒，毒死全家呀！」

看到張先生的筷子懸在嘴邊，父子倆人趕忙解釋，滿桌菜餚絕對安全。小老闆也趁機說起，以前如何不學無術，又是如何囂張跋扈，看誰都不順眼，看到家人更如仇人眼紅，三不五時便搞得全家雞飛狗跳。

「所以……你們便報名了『起跑線』？」

蔡家父子互看一眼，雙雙爆出笑聲：「是呀，報名之後我老爸超級後悔，每天都在跟我老媽抱怨，生我這個來討債的兒子幹嘛！」

張先生正想追問，蔡經理卻一擺手，提醒兩人不應談論的種種細節。

而其實，對於蔡家父子而言，如何參與課程已不再是關鍵，關鍵在於，之後這一家，又是如何重新生活，改變僵持許久的相處模式。

蔡家父子不便透露細節，但張先生仍然可以暢所欲言。

因此，像是告解一般，張先生又從頭說起，這趟令人費解的補習班經歷，甚至還說得更遠更遠，所有關於軒宇的點點滴滴——從一個處處完美的可愛嬰兒，開始蹣跚學步、牙牙學語，卻始終說得比別人慢、跳得比別人低，當然，學習狀況也不如同齡兒童的突飛猛進。身為人父，張先生由一開始的充滿期許，逐漸感受失落，甚至必須做好心理準備，面對軒宇越加低落的學業表現。

「我很擔心呀，真的很擔心呀。」張先生又重重嘆了一口氣：「蔡經理，真羨慕你，兒子個個有成就……我家的軒宇，書讀得那麼差，將來到底怎麼辦？長大之後到底能做些什麼？」

蔡經理拍拍張先生，說著兒孫自有兒孫福之類的安慰話。

小老闆卻是雙眼直瞅：「張大哥，那你有沒有問過，你兒子將來想幹嘛？」

不等張先生回答，而張先生竟也無話可回答，小老闆看見另組客人進門，便趕緊起身，招呼去了。

只是，他不忘留下一句話：「如果說，我老爸去上那些課程，到底有沒有收穫——就是他終於懂了！在他幫我安排人生之前，應該要先問問我，我到底想要怎麼過！」

＊＊＊

時值晚餐時間，採買商品的人潮，混雜著成群結隊的學生，遂使騎樓更加壅塞。飲料店的生意最好，幾名顧客各自選定了角落站好，耐心等候著飲品。

「一四七號！」叮咚幾聲！跑馬燈彈出新的數字，一名男孩趕緊上前領餐，差點和張先生撞個滿懷！

張先生雖然不悅，卻也沒有停下腳步，仍是步伐匆匆走向停車場——今天又是上課的日子，下午卻有場突發會議，雖然加緊處理，還是延誤了下班時間……張先生幾乎跑了起來，只希望趕快到達停車場，才好趕上今晚的課程。

不僅是雙腳匆忙，張先生的內心，此刻也是萬馬奔騰。

「你有沒有問過，你兒子將來想幹嘛？」

幾天前的聚餐，食物已經消化完畢，心頭卻由此打上死結。小老闆的那句話，變成一串跑馬燈，不停閃爍於腦海四處。不管張先生在做什麼：是在處理公司的業務，或是打掃家裡的浴室，亦或是和導師商討軒宇的課業，或只是思索著今天的晚餐……這句話總是橫空出現，咻的一聲覆蓋所有資訊，兀自吸引所有注意。

但是，任憑張先生百般思索，卻也從未想出答案。

軒宇長大之後，想做什麼呢？

電視廣告的常見橋段，便是小孩伸開雙手，高喊長大之後的種種願望：成為太空人、變成下一個賈伯斯、或是變高變帥變漂亮……各種願望，匯集人生所有的成功典範。

但是，軒宇呢？軒宇是個胃口極好的小孩，而他是否也喜歡做菜呢？總在媽媽煮飯的時候，跟進跟出、偷嚐幾口還在冒煙的菜餚，也不怕燙壞了舌頭，張先生以為他只是貪吃，但或許，硬要擠入廚房的原因，會不會是因為軒宇對於烹飪過程其實充滿興趣？

軒宇雖然瘦瘦小小，健康狀況卻不錯，從小極少生病，就算感冒也是過個兩三天便能恢復，很少有什麼大病大痛。常有人說，你家軒宇看起來，就是個愛跑愛跳的孩子；其實，軒宇跳得不高，跑起步來還算輕巧，而最喜歡的，則是夥同一群孩子，在公園裡亂踢球，毫無規則也毫無勝負，只求極盡所能踢得遠遠的。所以，軒宇喜歡球類運動嗎？足球呢？棒球呢？他會夢想成為一個運動員嗎？

軒宇喜歡摺紙，也喜歡在作業邊角畫上小狗小貓——這會是他將來想要選擇的職業嗎？成為一個漫畫家？或是一個摺紙大師？

初秋的天氣，傍晚時分已成微涼，張先生卻走得背脊冒汗，點點冷汗透出肩胛骨，風一吹過更覺寒意。

張先生發現，他也必須承認，他似乎從來都沒有想過——

軒宇想要成為怎麼樣的人，軒宇想用什麼樣方式，長大成人。

＊＊＊

「起跑線：潛能開發中心」，那座高聳而顯眼的藍綠色招牌，終於浮現於轉角。張先生一看手錶——糟了！終究還是遲到了！也只能硬著頭皮走進大廳。

還沒開口，服務人員眼明手快，一個拿起對講機聯絡，另一個則快步上前，引導張先生前往教室。雖然加快腳速，服務人員依然親切有禮，邊走邊安慰張先生，不用介意遲到的事：「別擔心、別擔心！推

薦人剛才也有來電，說有看到你在路上了！」

「推薦人？」

服務人員突然停頓腳步，後頭的張先生差點撞上。向來訓練有素的他們，難得如此慌張，又是彎腰道歉，又是連連擺手，像是要把不小心說溜嘴的那句話，趕緊從張先生腦海中抹去。

所以才到教室門口，一把推入張先生之後，服務人員一甩馬尾便趕緊溜開。

課程已經開始了一段時間，卻不見今日講師的身影。

但家長們仍端坐於位子，各自低頭思索。有的滑起了手機，又立即在紙上抄抄寫寫，似乎是在搜尋資料而勤作筆記；有的則是任由筆尖懸在半空中，想要下筆寫些東西，偏偏毫無方向，是而遲遲無法落下第一畫。

張太太早已就座，同樣低垂著腦袋，瞪著紙張發呆。

張先生趕忙鑽入身邊空位，拿起桌上早已擺放的講義。但那其實不算講義，而只是一張白紙。再往旁一看，放在張太太面前的，同樣也是張全然空白的紙張，只有她的筆蓋持續敲擊著邊緣，像是溺水的魚，徒然揮動著魚鰭，還做最後的掙扎。

「老婆，是要寫些什麼？」張先生小聲探問，而在偶有沙沙聲響的教室之中，仍然是太過清楚的私語。

張太太筆尖一指，指向布幕上的粗體大字：「歷史加強班」。

接著筆尖又一轉，轉回依然空白的紙張，上頭本是一片潔白，卻因夫妻倆一同低垂的頭顱，而在紙上拓印出層疊交錯的淺灰色塊。

「老師說，讀歷史最重要的就是蒐集資料。」張太太悶悶說著。

「蒐集資料之後，才能寫出偉大的傳記，成就歷史的偉人。」她的聲音細如蚊蚋，只在張先生的耳邊嗡嗡響著。

「所以，」張太太嘆了一口氣，「老師要我們寫一篇，關於孩子的傳記。」

「蛤？傳記？軒宇的傳記？」

老婆的無奈眼神，已經給予回覆，張先生仍然質疑方才聽到的一切。

傳記？張先生當然知道什麼是傳記，而在學生時期，因為查找資料或是撰寫心得，也曾翻過幾本偉人傳記，有些是古代聖賢，有些則是當代名人，有些還是時代頗為相近的現今政治家、商業家；即便如此，就算是生存在同一個世代甚至同一片土地，張先生也從未想過，這些書中的人物，會與自己有何相關。

腦中翻飛過數個偉人肖像，個個都是道貌岸然，一副為國為民為了全世界的福祉而奮戰，崇高至極的堂堂樣貌。而其中，當然沒有軒宇，沒有這個他最熟悉的孩子，因為他是如此的……

「老公，除了軒宇的生日，我完全想不出來，我還能寫些什麼……」

張太太輕咬著筆蓋，直至繃緊了下巴：「我竟然想不出來，軒宇有什麼，可以讓我寫上去的事情……我想到的，都是平常罵他的、念他的、氣他的那些缺點……」

此刻的張先生，多想摀起耳朵，或是祈求老婆能停止述說。正因她所說的東西，字字句句，都化成尖針，挑起張先生心中最深的恐懼——

但她還是說了：「老公……我竟然想不出來，軒宇的優點……我想不出來軒宇能讓我驕傲的任何一件事……」張太太轉頭看向張先生，那張此刻跟她一樣糾結而抑鬱，甚至可說是心碎的表情。

「我們是不是……一對很糟糕的父母？」

張先生只能沉默，緊緊握住妻子的手。他仍舊沒有回答，因為自己的心中，也正因這個領悟而悲鳴。

＊＊＊

這次的課程，似乎是最耗盡心力的一次。

直至下課鐘響，許多家長仍然繳了白卷，隻字片語都未曾寫上。其中，也包括了張家夫妻，「既然是傳記，全都寫上缺點，似乎不太好吧。」他們微微苦笑著。

收卷的老師，沒有說什麼。

這次的講師是個男孩，臉蛋帶點青澀，仍有童稚的豐潤，個子卻已抽高許多，手長腳長、雙肩寬平，一眼也難看出究竟是個幾歲的孩子。只能約略判斷，他的年紀絕對大於軒宇，而他的脾氣，也比先前的國中女孩溫和許多；雖然，收到白卷時仍會輕皺起鼻頭，卻也沒多說些什麼，反倒露出一抹看似鼓勵的微笑。

啊，終於只剩最後一周了。拖著疲累的腳步，張先生跟隨其他家長，緩緩走出大廳——直到他想起那個問題！

妻子還摸不著頭緒之際，張先生轉了一圈，再度推開旋轉門，直直走向櫃臺那位眼熟的女子；對方本能的抬頭，兩頰堆滿笑意，卻在瞥見來人時瞬間凍結。可惜女子的動作太慢，她想再度溜走，手肘已被張先生一把抓住：「小姐，你剛才說的推薦人——是什麼意思？」

服務人員都是辛勤的工蜂，一人受困，集體救援，紛紛圍在周邊，有的勸、有的攔，張先生仍然輕輕扣住那女子，其實沒有施予蠻力，態度卻是十足堅定。他早就覺得，這間開發中心處處弔詭，各種渾然莫名的規定與安排，全然攪亂了他習以為常的生活方式、思考方式，甚至是看待自己小孩的方式！

而這一切，始於那張莫名的傳單，再一細想，原來這光怪陸離的種種背後，或許還有一個始作俑者——就是那個推薦人！

「我只想知道，誰是我的推薦人？他為什麼要推薦我？」儘管服務人員連聲道歉，說著他們也簽訂了保密條款，實在無法洩漏情資，尤其是那名女子，說著說著還急紅了眼眶；但是，張先生這回可是鐵了心！好不容易抓到一條線索，他絕對要打破砂鍋問到底！

「張騰達先生。」一句問候，加入這場喧譁，正是張先生最期盼聽的回覆：「別再為難這位小姐囉。我就是你的推薦人，是我跟『起跑線』推薦，務必讓你加入呀。」

＊＊＊

這已經是，他們第三次見面。

如果「相由心生」是真的，眼前的這個人，必然是個慈祥和藹、心胸開闊的大善人，那雙眉眼依然親切，那副神情猶然令人感覺溫暖，彷彿所有的苦惱，都能向他盡情傾訴，也必能得到他最誠摯的祝福，祈願一切心想事成。

但是，雙眼狠狠瞪向對方的張先生，卻更相信「知人知面不知心」——是呀，防人之心不可無，總是這些最尋常無奇的互動，反倒隱藏最深最暗的心機，趁人不備之際，狠狠將你拉下雲端，讓你原本平靜安好的生活，從此攪得天翻地覆！

張先生面前的，正是他的推薦人，也是那位屢屢巧遇的老先生，滿頭銀髮且又面容黝黑，宛如黑臉版聖誕老人的王老先生！

「你、你為什麼要推薦我？那張傳單就是你寄的嗎？」張先生氣急敗壞，只差沒有拎起對方的衣領，卻也相差不遠了，一雙手狠狠扣住老先生肩膀，就怕他也突然溜走。

「你知道我被這間什麼鬼、什麼潛能開發中心，整得有多慘？弄得有多累？搞得有多混亂嗎？」所有怨氣，都被張先生咆哮而出！即使周遭莫名冒出許多雙手，一個一個努力拉開他們彼此，張先生已是噴發的火山，才不退讓半步！

他深深後悔，為什麼要拆開那封傳單？為什麼要報名那場說明會？為什麼要耗費數周，參與這些莫名其妙的課程？

什麼狗屁數學課！什麼狗屁國語班！什麼——

忽然，張先生想到那堂英語課，以及站在講臺上的小小的軒宇，還有那張紙，竟然寫著「你為何出生」這樣的句子……瞬間，心口像是缺了一個洞，吞沒所有高漲的情緒，包括滿腔的怒火，也因此湮滅成灰。

等著張先生終於力氣放盡的這一刻，王老先生這時才伸出雙手，輕輕拉下扣在肩膀的那雙，現已無力的雙臂。不同於張太太的擔憂神情，也不同於其他人在旁警戒的小心翼翼，王老先生一臉祥和，彷彿從未參與剛才那場爭執。

他只是輕輕扶著張先生，像個久別重逢的老友一般：「我們邊坐邊聊吧。」

＊＊＊

當時，在說明會裡，和張家夫妻並肩而坐的王老先生，確實是報名「起跑線：潛能開發中心」的家長之一——只不過，所謂的報名課程，已是許久之前的事情。

王老先生不僅年紀大，更是開發中心的老會員，早在十幾年前，也就是孫女還在學爬的時候，他就已經報名課程，並且全程試聽結束。爾後這十數年，只要時間允許，王老先生總喜歡混入家長之間，分享自己的所見所聞。

「那你為什麼搭訕我們？因為剛好坐在旁邊嗎？」張太太聆聽許久，終於摸清大約情勢，因此從頭思索，慢慢翻找這些不合情理之處。

「我比較想知道，你為什麼推薦我？又是怎麼推薦？推薦我幹嘛？我們根本不認識吧？」而張先生所關注的，自始至終是這一點。

王老先生又是呵呵大笑：「張先生，你忘記了吧。很久以前，我們就曾經見過面了喔。」

張家夫妻面面相覷，對看一眼，又將視線轉回老先生臉上；細看、細看、再細看，想從記憶深處的最細縫處，努力挖掘殘存的片段，找尋相為契合的這一張臉……「啊。」張太太似乎想起了什麼。

王老先生露出讚賞的眼神，然後，看向依然疑惑難明的張先生，大方給出另個提示：「MARUMARU 購物中心的小雪人樂園呀……」

「啊！」張先生終於驚叫一聲——是的，明明是如此顯目的外貌，活像是個聖誕老公公的笑容以及圓圓大肚腩，怎麼偏偏就是沒發現！王老先生，確實就是個聖誕老人！小雪人樂園的聖誕老公公！

那是軒宇剛念小學的事情。

小一生，還不習慣國小的作息：每天都要早起，每天都有滿滿課表，而每種課程在每隔幾周之後，便有一次定期測驗。這些測驗，老師會仔細批改，不再隨意畫上蘋果或星星，而是按照配分仔細計算，算出一個數字，大大寫在考卷上方，代表這幾周的學習成果。小一的軒宇，已經能由一數到一百，但是，考卷上的得分，往往只在一半徘徊。張先生和張太太，看了考卷總是緊抿著嘴脣，而軒宇也像隻感官敏銳的小動物，察覺到風暴即將形成，不敢輕舉妄動。

父母愁眉苦臉，小孩緊張兮兮，親子三人都需要一些樂趣來排遣壓力。所以，某次逛街，張先生只是打算買臺新電視，恰巧看到購物中心的聖誕活動：就看一個紅衣紅帽、白髮白鬚，全身圓滾滾，滿臉笑咪咪的聖誕老公公，坐在鑲滿寶石的大木椅，「HO！HO！HO！」宏亮大笑，一邊伸出戴著白色手套的寬厚大掌，招徠路過的小孩，快來聖誕老人耳旁，許下今年的聖誕心願！

小孩果真捧場，排成長長一條人龍，幾個孩子還不顧家長攔阻，爭先恐後想要擠到最前面，先跟聖誕老人預定今年的禮物。張先生也玩心大起，一家人加入排隊的人潮，一邊看著遠方的聖誕老人，讚嘆這個扮相實在傳神；同時，張先生也好奇問起，軒宇打算許什麼願望。

「祕——密——！」軒宇蹦蹦跳跳，像是終於發現蘿蔔的小兔子！

而之後，也只有那位聖誕老人，確實聽到軒宇的願望。

矮小的軒宇，努力攀上聖誕老人的膝頭，然後靠得很近很近，幾乎將整張小臉都埋進閃亮亮的銀白鬍鬚，還不忘伸出雙手扣在老公公耳旁，唯恐許下的心願，聲音會隨著風吹而飄散不見。

張先生只能依據聖誕老人的表情，猜測軒宇究竟說了些什麼。只見他依然滿臉笑呵呵，忽然睜大了眼睛，甚至緊緊皺起整張臉，不再像是散播歡樂的聖誕老人，在那一瞬間，他已變成一個憂心忡忡的老人……

回家的路上，張先生和張太太不停猜測著：「遙控車？」、「樂高積木？」、「羽球拍？」、「寶可夢卡？」、「漫畫書？」

而軒宇一逕搖頭，揚起得意的表情。這是只有聖誕老人才能知道的心願，軒宇難得固執，死死守住承諾，終究沒有洩漏半句口風。

那年聖誕節，張先生送了幾本優良兒童讀物，張太太送了一臺會自動播放唐詩與兒歌的ＭＰ３，用可愛的禮物紙層層包起，假借聖誕老人的名義，深夜時分偷偷放上軒宇的床頭。

「聖誕老人弄錯禮物了！」聖誕夜隔日，軒宇一爬出被窩便是噎噎哭泣。

張先生和張太太，又是氣又是笑，合力安撫才止住了軒宇的淚水。而時間一久，要忙碌的事情太多，便將這件生活的插曲，幾乎遺忘殆盡……

「當個聖誕老人的好處唷，那就是，小孩總會跟你說出心底話！」王老先生擠擠眼皮，露出淘氣的神情。

「所以呀，這幾年有些時間，便想四處走走，為這些小孩做些什麼……」

「小孩的願望呀，有些很單純，有些卻意外的嚇人……」

王老先像是陷入回憶，臉上浮現眾多表情，有時陶醉，有時卻是惆悵。

「那麼，我兒子當時，到底跟你說了什麼？他許的願望是什麼？」唐突的打斷王老先生的悠悠回想，但是，張先生確實只在乎這一件事：當時，小雪人樂園之中，軒宇究竟說了什麼？

張先生有個莫名的直覺，那個夫妻倆始終猜不出的心願，就是一切事情的起源，讓王老先生因此推薦他們夫妻倆，而他們全家也就此被拉入「起跑線」這團漩渦，完全擾亂生活原有的安穩……

王老先生低頭不語，再次抬起時，同樣是滿臉的皺紋，只見憂愁更深深鏤刻於其中：「你們，真的想要知道嗎？」

＊＊＊

城市的夜晚依然繁華，尤其是鬧區，人聲更加鼎沸，商業活動更加熱絡，到處都是喧鬧聲響，讓人亢奮，讓人匆忙，也讓人無法停下片刻，好好思索那些盤據心頭的各自的難題。

聲光交錯的喧騰市街，只有一處相顯安靜，便是停車場。

仍有車輛頻繁進入，但是，一來到這位處地下的水泥空間，便像是車輛的搖籃，一一整齊排好，一一關燈熄火，停下整日的奔波，終於能夠一夜安眠。

而車裡的人們，如果不是握緊方向盤，趕緊驅車離開；便是連忙下車，用力闔上車門，喀噠喀噠的腳步聲搜尋最近的電梯，急急趕赴另一個行程。

因此，唯有留在車內而沒有下一個目的地的人，才能享用這片水泥梁柱架起的廣闊空間，迴盪其中的整片空寧。也唯有如此，才能排除所有喧擾，好好思考糾纏內心的千絲萬結。

「嗯，媽媽，謝謝你。」張太太對著手機又是點頭又是微笑：「那我們就明天早上再去接軒宇喔～」

擴音器傳來沙沙聲響，對方喊著知道了、知道了，隨即嗶的一聲結束通話。

狹小的車內，再度回復平靜，只剩下張先生和張太太，深深淺淺的呼吸聲。

時間已經很晚很晚了，張先生和張太太，依然坐在車內，沒有發動引擎，好像也不急著回家。

畢竟，才剛經歷那堂耗費精力的「歷史加強班」，隨後便是在大廳內爭執的風波，也才剛與數面之緣的王老先生，促膝長談了半小時。今晚實在發生太多事情，這對夫妻，只能安安靜靜坐下來，慢慢消化心中積囤的太多資訊。

夫妻倆沒有交談，但即使如此，兩個人都明白，心中所想的絕對都是同一件事，應該說，就是那一段話——兩年前，軒宇對著聖誕老人許下的心願。

據說，當時的軒宇，太過緊張遂有些口齒不清；然而，字字句句都是用力說出，深怕聖誕老人耳力不好，還一連重複了幾次，因此那個心願便深烙在王老先生的心田，讓他難以忘記，也不敢忘記。

「聖誕老公公，希望今年你能送我一個大禮物！」

「我希望可以——重新出生一次！」

「你可以幫我嗎？讓媽媽把我再生一次！要是原來的媽媽喔！」

「還有……這一次，要生成爸爸媽媽希望的樣子喔，生成他們會喜歡的小孩喔！拜託你了，聖誕老公公……」

張先生又是一次深呼吸，唯有如此，才能稍稍平息，瀰漫整個胸腔的窒息感。

他不知道，這便是軒宇的心願；而聽完王老先生的轉述之後，張先生卻寧願不要知道。不要知道軒宇真正的心事，也就可以不用發覺，原來在孩子的心中，他和妻子竟然是這樣形貌的父母。

「你是誰？」

「你是什麼東西？」

「你為什麼會被生出來？」

「你要怎麼做，才能讓爸媽開心？」

軒宇的聲音，彷彿盤旋在耳邊。而那份軒宇製作的講義，一字一句飛入腦海，刺得內心百孔千瘡。

張先生終於明白了，原來，他和妻子是這樣的父母——只想生下一個完美的孩子，只想量身打造一個名列前茅的孩子，只在乎孩子的成績與分數，只看得到考卷和作業，卻看不到那個朝夕相處的小孩，已經被傷得這麼深，被競爭壓力折磨得遍體鱗傷……軒宇依然愛著他們，但是，軒宇卻認為，爸媽其實並不喜歡他；爸媽所愛的，只能是另一個成績優異、表現完美的孩子，這樣的小孩，似乎才足以被重視、被珍惜、被愛。

張太太抹去臉頰的淚珠，而內心仍有悔恨與自責，堆積成千萬個疙瘩。

「老公，我們真的應該要和軒宇，好好談一談。」而張先生，回以一個苦澀卻也勇敢的笑容。

第 7 章

終點線

軒宇坐在小小的椅子上，不停挪動著屁股，有些坐立難安。

並非椅面太小，這個熊貓圖騰的毛茸茸椅墊，剛好搭配軒宇的瘦小身軀，坐在上面其實舒服又暖和。軒宇之所以有些浮躁，是因為，爸爸媽媽坐在前面的地板，他們忽然變得好矮好矮，矮到能直直看向軒宇的眼睛；而他們現在說的話，軒宇不知該如何回答，卻又好想繼續說下去。

「軒宇，長大以後，你想做什麼？」

「……做什麼？長大就是要乖乖讀書，聽爸爸媽媽的話……」

「不是的，」張先生清清喉嚨，重新釐清了問題：「爸爸是問，軒宇想做什麼，說你想做的事情就好了，不用管爸爸媽媽的想法。」

軒宇噘噘嘴唇，歪歪腦袋，一副迷惘的神情。「我不知道。」

「怎麼不知道呢？」張太太輕輕撫著孩子的背，似乎就能拍出他的滿腔心事。

「我就是不知道呀，好奇怪喔，你們又沒問過這個。」

像是在公司裡，主導過的數百場協商，張先生換了個問法：「軒宇，做什麼事情，你會覺得好開心呢？」

「……」兩顆大眼珠，左飄飄右轉轉，軒宇想說些什麼，卻又有點顧忌。

「可以講寫作業以外的事情，沒關係。」張太太善解人意，直接頒下免死金牌。

「——跟小動物玩！」軒宇終於大喊一聲，愉悅像是彈射的煙火，明亮且耀眼！

「……所以，軒宇長大以後，也想跟小動物一起玩耍嗎？」

「嗯！不是長大以後，現在就想要每天跟小動物玩耍！」像是想到什麼，軒宇急急忙忙跳下椅子，抓起書包一陣翻找，終於翻出一張皺巴巴傳單。

那是學校發下的通知，根據上方的導師蓋印，日期已在兩周之前。張先生忍不住翻了個白眼，軒宇這孩子，記性就是不牢靠，繳個東西也是東拖西拉……正想數落一番，卻迎上軒宇那雙發光的大眼，張先生頓時吞下滿腹牢騷。

「老師說，這個是可以跟小動物一起玩的活動，想要的人可以去……」

軒宇的雙頰，圓圓滾滾像是滿懷希望的氣球：「爸爸，媽媽，我們可以去嗎？」

「一同編織童年的夢境吧！夜宿動物園親子活動！」螢光色框加上巨型字體，活動內容簡明易懂；而同樣醒目的，則是那串活動日期：下周五夜晚，和「起跑線：潛能開發中心」的最後一堂試聽課程，正是同個時段。

＊＊＊

古人常說：不經一事，不長一智。

如果說，在這行程匆匆的數個月，張先生學到了什麼……那麼，就是不要輕易拆開傳單！別讓那些光鮮亮麗的廣告詞，輕易打動了心房！更別因為想要了解更多資訊，便隨意撥打聯絡電話！

明明活動只剩倒數幾天，而這熱門搶手的「夜宿動物園」，竟讓張先生報名成功！原本，只是難敵軒宇那副極度渴望的神情，畢竟這也是第一次，由軒宇主動提出的需求；所以，張先生致電主辦單位，聽到全數額滿還偷偷鬆了一口氣。哪裡知道，剛巧有人臨時取消，主辦單位遂從候補名額中隨機抽籤，而張家便是上天眷顧的幸運兒。

那通錄取通知，剛好由待在電話旁的軒宇接聽，一聽到這個好消息，小孩便如喜迎春神的鳥兒，在客廳裡滿場飛奔。

張先生和張太太，卻是陷入另番苦惱：如果不去參加「夜宿動物園」……想到軒宇會有多麼難過的神情，心房已微微發疼。又想到，或許他仍會乖巧聽話，再度配合爸媽的所有要求，隱藏自己的喜好與想法，而將所有的心力時間，投諸於爸媽認定的成績之中。這般委屈求全的軒宇，更讓爸媽感到心疼。

但是，如果不去參加「起跑線：潛能開發中心」的最後一堂試聽課程，前面數周的煎熬，豈不是白白浪費？更別說，按照契約內容，缺課一次便視同違約；想到那筆高額賠償金，張先生便覺得腳底都發寒。

而軒宇，想得卻很簡單：「那就請假就好啦！」

「老師說，如果跟人家約好了，卻不能去了，那就要趕緊打電話告訴對方，對方就會原諒你啦！」

張先生搖搖頭，成人社會的契約內容，絕對不是單憑禮貌，便可運轉無誤。但是，時機如此巧妙，一通電話又在此時響起——竟是「起跑線」

來電！

同樣是提醒本周上課時間，卻不是慣用的簡訊，而是服務人員親自致電：或著是因為時機湊巧，或著也是因為軒宇那雙眨巴眨巴的大眼，張先生硬起頭皮，詢問能否請假，當然，前提是就算請假也不至於違反契約內容的話……

電話那端的服務人員，確實有些錯愕，詢問了請假理由與事情原委，只說還要跟上級請示，卻也不忘留下一句：「這可是第一次，有人到了最後一節課，才打算不來耶……最後一堂課，可是學習總測驗呀……」

＊＊＊

今晚天氣晴朗，夜空也特別清澈，幾顆星星點綴在城市天際，散發明亮的光芒。

星星下方，人群喧譁，三三兩兩散坐在階梯，或是石椅，或是花壇矮牆之上，他們滿心期待著，即將展開的活動，便是不遠處的「夜行動物展覽館」，只要再稍待片刻，便會開放入場。雖然隔著玻璃，卻能更加湊近欣賞，鼯鼠抓頭搔腳的可愛模樣，或是貓頭鷹梳理羽毛的專注神情，甚至是翡翠樹蛙的呱呱鳴唱。因此，每個小孩都興奮不已，而在旁的每位家長，其實也都興致勃勃。

張家親子三人，也在人潮之中。張太太滑開手機，確認之後的行程，還有動物劇場、宵夜同歡，然後就是此次行程的重頭戲——「夜宿動物園」！哇，不知會安排在哪個園區，是鄰近的小木屋還是遠方的帳篷區呢，令人心神雀躍。

「會不會跟獅子睡在一起呀……」軒宇有點緊張，連忙攀住媽媽的手。

「那就先把你吃掉！」張先生故意低吼一聲，逗得軒宇哇哇大叫。

時間如果提早數小時，正在哇哇大叫的，則是張先生本人。

周四夜晚——也是最後一堂試聽課程的倒數時刻——「起跑線：潛能開發中心」捎來一通電話，是個低沉寬厚的聲音，似乎就是那位戴著牛仔帽的高壯男子，他也是開發中心的實際負責人，工作人員口中的「上級」。

「張先生、張太太，恭喜你們，通過學習總測驗。」

「……通、通過？」

「是的，高分通過，恭喜你們，做得很好。」

「……抱歉，我不明白耶，我們根本連什麼測驗都還沒有參加呀？而且，服務人員不是說，還有最後一堂課，就是什麼學習總測驗……」

男子難得笑了一聲，非常短促，卻十足溫暖。

「你們不想來試聽，而想帶孩子去他想去的地方——這個決定，就是最正確的答案了。恭喜你們，通過『起跑線：潛能開發中心』的能力審核，你們兩位，完全符合『起跑線』測驗標準。」

「再見，試聽到此結束。」男子又回復先前的語調，冷靜而堅毅：「希望以後不會有人再來推薦你上課。」

嗶的一聲，結束所有通話。

張先生這端，則是語無倫次嗚嗚啊啊幾聲，才終於哇哇喊叫，一手拉起張太太，一手拉起張軒宇，像是喜獲甘霖的印第安人，在客廳裡旋轉跳躍！

軒宇的開心，是因為即將前往「夜宿動物園」；張先生和張太太，同樣欣喜難耐，卻難以說明，究竟是為了什麼：他們好像耗費很多精力，卻又似乎獲得更重要的東西；他們好像短暫變回一個學生的身分，卻又像是重新學習怎麼當一個家長；他們好像瞭解許多，卻又好像才剛開始……

「爸爸～」軒宇拉拉衣袖，將張先生拉回現實。

「你有問我，長大以後要做什麼——我現在想到了！」看著爸媽興奮好奇的眼光，軒宇咧出一臉燦笑：「我要當，幫動物清大便的人！」

軒宇的小手，指向展示窗裡的清潔人員，正穿梭於低垂樹叢之間，一鏟鏟掃除糞便；同在欄內的夜行動物，看似未受干擾，幾隻小懶猴甚至習以為常，刻意在清潔人員的腳邊徘徊，極為親暱。而軒宇的小臉滿是崇拜！

張先生和張太太，相視數秒，忍不住苦笑數聲。

確實，身為家長，還要學習的事情依然很多，而未來的路線，也不一定會如想像中順利；但是，這一次，關於孩子的生涯規劃、教育方針、未來發展，種種的安排與討論，不再只有他和妻子為此苦思，還加入一位新成員——就是軒宇本人！

多一顆腦袋，多一種想法，增添許多冒險或曲折，或許也能帶來更多快樂與收穫。

軒宇終究會長大，但是，他想要怎麼長大，他會變成擁有什麼優點以及如何克服缺點的人？很久很以後的軒宇，即將做著哪些工作，度過怎麼樣的生活……這一切重要的決定，難道不是，更該由軒宇本人參與決定嗎？

「媽媽！快點過來啦！」軒宇向後大喊，而張太太落在四、五步之後，對著手機滑滑點點。

「老公，」張太太終於追上，靠近耳邊小聲說著：「我退出群組囉。」手機螢幕的列表之中，「起跑線有夠爛！」這個家長群組，已經不復存在。

張先生揚起更為驕傲的笑容：「我早就刪掉了喔！」迎上妻子訝異卻又肯定的眼神，張先生的心中，此時也是滿滿的自豪：「畢竟，我們已經變成，很棒的『起跑線』了吧！」

親子三人，牽起雙手，
一同走向笑語歡騰的下一個
展區。

後記

這是我第一次寫這麼長的故事，幸好，終究是完成了。

趕稿之際，昏天暗地，適逢畢旅取消、重要工作延期，似乎整個宇宙都在幫助我，擠出時間寫到最終章；完稿之後，渾身匱乏，傾其所有嘔出想說的話，卻又隱約覺得，故事還沒有說完。

這是為了比賽寫的故事，也是為了姪女，也為了我自己。我擅長記憶，得以適應臺灣的教育環境，但是我四體不勤、五穀不分，每步前進總是小心翼翼，深怕沒跟上眾人腳步，便會算是誤入歧途；而姪女，愛跑愛跳，愛笑愛叫，總是學不了教訓也藏不了心機，每個東西都是新奇，每件事情都讓她著迷，所以，她的未來也充滿了種種可能。

但我卻開始躊躇。一方面，我希望她永遠快樂、單純，去打桌球、去玩扯鈴、去幫浪貓取名字或是數著雨後的蝸牛到底有幾隻；但是，就讀小學的她，也必須背起書包，塞滿課本與試卷，還有永遠寫不完的作業和練習。我希望她無憂無慮，又希望她學業精進；所以，我們會手牽手追逐熱氣球，卻也會因為屢屢背錯的九九乘法，兩個人都氣哭然後冷戰好幾天。

我想，我就是張先生，在乎學業，對於分數斤斤計較；而施加於小孩的百般期許與萬般壓力，全部都是，源出於愛。因為愛，才會如此在乎，在乎自家小孩應當一路順遂，平步青雲，成為人生勝利組，因為在我狹隘的世界觀之中，好成績便是好人生的第一塊基石。

而我卻提筆寫下這個故事，也才發現，世界已經改變，自己亦在不知不覺之中，開始相信成績不是一切。或許是因為，我任教於升學高中，日日所見都是聰明又認真的孩子，她們努力追逐成績，偶爾流淚卻更常大笑，與其說她們在乎分數，應該是說，她們更在乎自己，知道自己為何拚命，知道自己想要怎樣的人生。

我還是覺得，追逐學歷並不是錯，錯誤在於，如果只是跟隨眾人的價值觀，不知為何而戰，當然也就會不知道為何而活。如同故事裡的張先生，我也不知道小孩將來會有如何的人生，但是我希望，心愛的姪女能夠找到自己的方向，不怕探索也不懈挖掘，慢慢成為自己想要成為的樣子。

有人說，父母是孩子的第一個老師；那麼，孩子又何嘗不是一本父母從未讀過的書籍？一頁頁仍是空白，讓人難以預知結局，正因如此，才更有我們無法想像的繽紛精采。

黃脩紋　於二〇二二年十月

家長也需要的「補救教學」（導讀）

張嘉驊

學生在學校的學習效果差、學業成績不好，依照現行的國民教育法規，學校有責任對其問題進行診斷，並給予適當的課後輔導。這個過程，就叫做「補救教學」。

孩子在學校接受補救教學，依照規定是不用付費的。但在臺灣，實際的情況是，大凡家裡出了一個課業跟不上腳步的孩子，家長寧可多花一點錢，讓他們在放學後去補習。

補習班是屬於正規教育體系外的學習場所，在補救教學方面卻往往承擔著比學校更大的責任。事實上，不管是不是心甘情願把孩子送去補習，很多家長就是把補習班當成孩子「救命的最後一根稻草」。

《起跑線！》這部少年小說便是基於這樣的背景而寫成的。小說中，張騰達先生的兒子軒宇從幼稚園到小學三年級，個性活潑乖巧，功課卻不怎麼樣。張先生一向為孩子的學業感到憂心，甚至覺得丟臉。有一天在一個偶然的機會裡，張先生夫婦倆接觸到一家名為「起跑線：潛能開發中心」的民營教育機構，考慮把軒宇送到這家補習班去補習。

依照合約，家長和孩子必須先上過幾個星期的試聽課。想不到在試聽的過程中，孩子學的是「睡覺」，而他們夫婦倆和其他家長，卻必須像小學生一樣上一些所謂的「學科加強班」。

就是在上這些試聽課時，張先生夫婦倆和其他家長平日習以為常的教育觀念遭到了挑戰。他們反應十分激烈，甚至認為這家補習班「詭異的做法」不無詐騙的嫌疑。

小說就是這樣爆開它所設計的衝突點，作者富有反省意味的教育理念也是透過這些衝突而傳遞出來的。這些爭執正是《起跑線！》整部小說的精采所在，值得我們特別關注。

在第一堂試聽課，講師是個高中女生，她給家長所講的數學是：「1≠2，2≠3，3≠4……」

占用大家寶貴的時間，卻只講這種誰都知道的數學算式，家長們的憤怒可想而知。

然而講師藉此真正想表達的，卻是很多人可能都不知道的道理：每個數字都不一樣，每個孩子也都不一樣；孩子會長大，就像數字的遞增，每長一歲，每年也都會不一樣。

在第二堂試聽課，講師是個國中女生，她給家長所講的國語是依成語「名列前茅」而寫的各式造句，並請家長加以判斷對錯。

家長的怒氣這下又像炸開的鍋，因為要他們判斷這些造句的對錯，簡直是在侮辱他們的智商。只不過雙方在歷經一番論辯後，家長們也都聽到了這位講師對他們的諷刺：「不管生了怎樣的孩子，不管孩子到底有什麼興趣或能力，說來說去，你們只會用一句成語來形容啦——『我家孩子一定要名列前茅』！對你們而言，這句成語超級百搭啦！」

前兩堂的講師分別是高中生和國中生，都是「起跑線」特別委託來給家長上課的。想不到在第三節關於英語的試聽課，這家補習班更是「誇張」，經由私下安排請來講課的竟是小學生，而且是張先生的孩子軒宇。

軒宇給大家講的英語課是怎麼用「5W1H」來進行中翻英，但那些中文句子讀起來卻令人感到怵目驚心，甚至還出現這樣的問法：「孩子，你為什麼會被生出來？」

張先生聽軒宇在臺上問這些話，不知怎麼回事，心裡油然生出一陣愧疚。直到第四堂試聽課，以歷史調查為名的課堂作業，要家長們寫一篇孩子的傳記，張先生和妻子久久寫不出來。這時，他們不禁問了自己一句：「我們是不是……一對很糟糕的父母？」

在當父母的這件事情上，張先生夫婦倆已經意識到他們可能是不及格的。故事讀到這裡，我們也可以發現「起跑線：潛能開發中心」給家長所上的這些試聽課，並不是要來詐騙家長的，而是透過不尋常的手段以刺激他們的心靈，以激起他們的自我反省。

換句話說，這些試聽課也算得上是給家長的「補救教學」。

是的，孩子在學校的學習效果差、學業成績不好，不能只怪孩子出問題。更應該深入了解和導正的，是孩子的父母所秉持的教育觀念，以及他們平日對孩子的實際作為。想要改變孩子，往往得從改變父母開始！

張先生夫婦倆正是經過深刻的自我反省而改變了他們對軒宇的態度。他們從試聽課程中領略到，每個孩子是作為一個獨立的生命體而存在的，從來不是父母的附屬品。當父母的都應該尊重孩子的成長速度，不可一味的催促，因為在人生的跑道上不可能每個人都跑第一名。

張先生夫婦倆重新擬定了對孩子的教育計畫，與先前有所不同的是，重新擬定的教育計畫有了一個新成員的參與，那就是軒宇本人。

讀完《起跑線！》，必須說它的主題較為凸顯，寫法也比較不同於一般。它能贏得評委的青睞，不是沒有原因。

其實，在故事中讓家長上補習班接受教育的，《起跑線！》並非首例，日本作家浜田桂子的圖畫書《家長補習班》早已為之。只不過兩者在表現手法上仍有很大的區別，就算前者沿襲了後者的題材，那也沒有多大的關係。

這部小說可能引起爭議的是它的視角問題。它在敘事上主要採取的是「成人視角」，這和一般少兒小說所採取的「兒童視角」顯然有所不同。不過我認為這個問題固然值得討論，卻不影響我對這部小說的評價，畢竟它針對教育說了一個很好的故事。

正因為是一個有關教育的好故事，這部小說也很適合給家長看。

• 本文作者張嘉驊先生為少兒文學作家，北京師範大學兒童文學博士。曾出版《月光三部曲》、《少年讀史記》等，正體字版、簡體字版及韓文版童書近百冊。

評審的話

周姚萍（作家）：

宮澤賢治《要求繁多的餐廳》將獵人與野生動物錯位，一步步呈現獵人即將成為野貓盤中飧的緊張懸疑過程。《起跑線！》與《要求繁多的餐廳》同樣採取「反轉」，錯位的是家長與孩子，讓望子成龍、望女成鳳的父母變成補習班課堂上的學生，教師則是孩童。高深莫測的補習班深具吸引力，出人意表的課程也大快人心，但大人敘事的視角，特別在起頭處，不免令少兒讀者較難進入情境。

此外，若可多些鋪陳，讓少兒教師、特別是軒宇小教師，能教授深具哲思的課程有跡可循的話，將更具說服力。

許建崑（中華民國兒童文學學會理事長）：

這是一篇「意念先行」的教育哲理小說，以虛擬的情節和「反諷」的語調來述說，荒謬而詭譎，直指現實社會中父母以「成績至上、光明前程」來要求孩子，而忘記了「愛」才是家庭的核心價值。

通篇表現最精采的是「時間軸」的鋪墊。或急或緩，或順敘或倒敘，毫無違礙。開端從「一張傳單」引起，一家人在忙亂中抵達「潛能開發中心」，陶醉在「拯救孩子」的夢想中。接著是數學、國文、英語、歷史課，每堂課都給家長很大的挫折，但不能不承認自己「認知」有誤，又受制於「未參與全程」，將被罰款五十倍；在衝突、壓抑、妥協之中，不斷翻轉。然後插敘蔡經理與他的孩子互動經過，追溯軒宇兩年前在遊樂場中的許願，接著揭露了推薦人身分，像偵探小說一般，抽絲剝繭，走向未完成卻又是最完美的結局。

九歌少兒書房 293

起跑線！

國家圖書館出版品預行編目 (CIP) 資料

起跑線！/ 黃脩紋著；劉彤渲圖. --
初版. -- 臺北市：九歌出版社有限公司，
2022.12
面； 公分. -- (九歌少兒書房；293)
ISBN 978-986-450-507-4(平裝)
863.596 111017890

作　　者——黃脩紋
繪　　者——劉彤渲
責任編輯——鍾欣純
創 辦 人——蔡文甫
發 行 人——蔡澤玉
出　　版——九歌出版社有限公司
台北市 105 八德路 3 段 12 巷 57 弄 40 號
電話／02-25776564・傳真／02-25789205
郵政劃撥／0112295-1

九歌文學網 www.chiuko.com.tw

印　　刷——晨捷印製股份有限公司
法律顧問——龍躍天律師・蕭雄淋律師・董安丹律師
初　　版——2022 年 12 月
定　　價——300 元
書　　號——0170288
I S B N——978-986-450-507-4
9789864505081 (PDF)